**Du même auteur aux éditions Le Tripode**

*Le Dit du mistral*, 2020 ; coll. « Météores », 2022
*Le Temps des grêlons*, 2022 ; coll. « Météores », 2023
*Le Grand Tout*, 2025

Illustration de couverture : Phileas Dog,
collectif des 400 coups.

Au verso de la couverture : Carte du monde d'après
Edward Wright..., vers 1695.
Dessin de John Thornton. Gravure de James Clark.
Source : New York Public Library.
Catalog ID (B-number): b15511383

Conception graphique de la collection Météores : Oskar

Olivier Mak~Bouchard

# LA BALLADE DU FEU

LE TRIPODE

*Même celui qui a tout perdu*
*a encore le droit de posséder l'espoir.*
***SHUN***

Si le lecteur veut comprendre le fin mot de ces trois histoires, il faut tout d'abord le mettre au courant d'une vieille légende.

Selon les croyances, un chat a la capacité d'absorber la malchance qui s'abat sur son maître. Quand le mauvais sort vous conduit à la mort, votre chat pourra renoncer à l'une de ses sept vies pour vous sauver.

Si votre chat vient à mourir, cela signifie qu'il aura déjà sauvé sept vies au cours de son existence et qu'il se sacrifie une dernière fois pour vous protéger.

# LE POTIER

*Charles, il disait l'albatros*
*Il est mort à marcher sur la terre*
*Mais c'est pas fini*
*On va continuer*
*À voler dans les airs*

Les Têtes Raides, *Ginette*

## 1. MONSIEUR BRICOLAGE

J'ai toujours aimé la terre. Ça, au moins, je l'ai toujours su. La terre, l'argile, la glaise : on l'appelle comme on veut, ça n'a pas beaucoup d'importance. Non, ce qui est important, c'est que je l'ai toujours aimée. J'ai toujours voulu la malaxer, la travailler. Faire corps avec elle.

Après voilà, j'aimerais pouvoir dire que depuis tout petit, à la traditionnelle question « qu'est-ce que tu veux faire quand tu seras plus grand ? », je répondais sans hésitation « potier ». J'aimerais pouvoir le dire, mais ce ne serait pas la vérité : c'était beaucoup plus diffus, beaucoup moins franc du collier. Je passais mon temps avec de la pâte à modeler, à faire des petits tas, et des plus gros. J'adorais ça, m'en mettre plein les mains, faire une forme et puis la dégrossir, petit à petit. J'en oubliais presque les GI Joe ou les Bioman : non, moi, ce qui me faisait plaisir, c'étaient les gros pâtés, bleus, jaunes ou verts, avec lesquels on se met minables.

Dans un conte de fées, ou dans un film américain, on vous raconterait que j'ai grandi en cultivant cette passion, qu'à peine adulte j'ai créé mon petit atelier de poterie. Que j'étais tellement bon que cet atelier est devenu une belle PME, avec quatre-cinq salariés. Savoir-faire reconnu, meilleur artisan de France, clientèle fortunée de par le monde. Tout faux. Ma vie ne ressemble en rien à cette belle histoire, et je le regrette.

À l'école, j'ai rapidement compris que la poterie, ça n'avait pas particulièrement la cote. Du côté des copains, ça allait encore : même s'ils rêvaient plutôt de devenir pilotes d'avion, ils avaient tellement peur que la classe se foute d'eux qu'ils n'allaient pas la ramener. Du côté des filles non plus, ça n'était pas le drame, même si vous sentiez bien que Top Gun les faisait plus rêver que la glaise. Il suffisait d'éviter de dire tout haut, devant toute la classe, que vous vouliez devenir potier, et ça passait. Vous évitiez la risée générale. Non, le pire du pire, il se trouvait dans les yeux des professeurs. Ce n'est pas qu'ils étaient méchants, qu'ils vous démontaient ou se payaient votre tête. Non, c'était beaucoup plus pernicieux. Ils prenaient un air ennuyé en regardant leurs chaussures, vous expliquaient que c'était dommage, que vous aviez des capacités et que vous devriez continuer.

En somme, la poterie, pour eux, ça ne volait pas assez haut. Trop manuel. Il suffisait d'un CAP, d'un BEP, d'un de ces diplômes pour lesquels les gens vous jurent leurs grands dieux qu'il n'y a pas de honte à travailler avec ses mains. Ça, c'est par-devant. Mais par-derrière, on murmure, on glisse pudiquement du bout des lèvres : « Voies de garage. »

Donc, les professeurs, ou même les conseillers d'orientation, quand vous leur disiez que vous vouliez travailler la terre, que votre rêve c'est la poterie, ils vous répondaient que c'était dommage de bifurquer maintenant, qu'il valait mieux continuer dans un cursus général, que vous en aviez les capacités et que, le moment venu, il serait toujours temps de s'orienter là-dedans.

Sauf que le moment venu n'est jamais arrivé. Jamais. En troisième s'est posée la question de faire un CAP. Pour moi c'était tout bon ; mais le conseil de classe m'a recommandé d'aller en seconde générale. Ils m'ont dit que c'était dommage, qu'il fallait pousser plus haut. Pas pour m'embêter, mais par principe. Un argument presque philosophique, quasi politique.

Aujourd'hui, je tiendrais tête, je suivrais mon envie. Mais quand vous avez quatorze ans… J'ai fait confiance aux professeurs, comme mes parents d'ailleurs. Comment leur en vouloir : après tout, quel père ou quelle mère s'opposerait lorsqu'on lui dit que le fiston peut viser plus haut ? À la rigueur, des parents qui auraient déjà fait des études, et qui relativiseraient l'avis des profs. Qui trouveraient dommage que leur fils s'assoie sur sa passion juste pour avoir « une belle situation ». Les miens voulaient simplement que j'aille plus loin qu'eux, même si on n'a jamais trop su, quand on y réfléchit, ce que ça peut bien vouloir dire.

Bref, je vous la fais en court : c'est comme ça que j'ai atterri au lycée, et que j'ai eu mon bac. Après, ça a été belote et rebelote, la même histoire, avec d'autres gens et d'autres mots mais la même idée, et je me suis retrouvé à la fac. Cherchez l'erreur. J'y suis resté deux ans, je ne sais pas trop pourquoi, les autres non plus d'ailleurs. Et au final je me suis retrouvé, à vingt ans, sans diplôme notable, et sans compétence ou expérience dans la poterie. Tout ça pour ça.

J'ai bien essayé de faire alors des stages. Pas aussi facile que ça en a l'air. D'une part, des potiers, il n'y en a pas tant que ça dans la région. D'autre part, il faut être conventionné, prévoir une indemnité minimale. L'administration. La paperasse. Les gens tordaient le nez. J'ai même proposé à deux ou trois potiers de me prendre gratos, comme ça, juste pour m'apprendre le métier, et me lancer après à mon compte. J'ai démarché dans tout le Vaucluse, et finalement jusqu'à l'autre bout des Hautes-Alpes. Il y en a un qui a hésité. Mais il fallait me déclarer pour des questions d'assurance, mettre aux normes l'atelier, les machines, et au final ça ne s'est pas fait.

En désespoir de cause, je me suis fait embaucher chez Monsieur Bricolage. Je gère le rayon « Aménagements extérieurs » : les dalles de piscine, les revêtements pour terrasse, les mosaïques. Je vous accorde que ce n'est pas exactement ce dont je rêvais, mais c'est ce que j'ai réussi à trouver qui s'en approchait le plus. Maigre résultat, j'en conviens.

Si je vous raconte tout ça, c'est qu'aujourd'hui en plus je me suis fait virer. Après la pause déjeuner, Monsieur Bricolage m'a appelé dans son bureau. C'est un chic type, je ne lui en veux pas. Il a tourné autour du pot, il ne savait pas comment me l'annoncer. Le siège, la crise, la réduction de personnel, tu comprends : ton CDD ne sera pas renouvelé. Surtout, on était en septembre, la saison touristique se terminait, et tout le monde savait qu'elle n'avait pas été fameuse. J'ai mis fin à ses souffrances en grand seigneur : je lui ai dit que je comprenais. Je ne voulais pas le faire culpabiliser, c'était quand même lui qui m'avait offert ma chance il y a deux ans. J'ai fait style l'air de rien, c'est pas grave : j'ai ma fierté, même si elle est mal placée diraient certains.

Je me suis retrouvé sur le parking en moins de temps qu'il ne faut pour le dire. J'aimerais pouvoir affirmer que j'étais catastrophé, que ce job, c'était ma vie, mais non. J'étais juste dégoûté : même ça, j'avais réussi à le foirer. Dans la famille « dans la vie on fait ce qu'on peut, pas ce qu'on veut », je demande le fils. Tu ne l'as pas ? Pioche. Dans la famille « j'ai foiré ma vie », je demande le fils. Ah lui, je l'ai, tiens, le voilà.

Le temps était à l'orage : de gros nuages noirs plombaient le ciel, des gouttes commençaient à consteller le goudron du parking. Le temps parfait pour commencer son chômage : comme ça, aucun état d'âme, c'était officiellement une journée de poisse. Je me suis engouffré dans Kangouroux en me demandant ce que j'allais pouvoir faire du reste de ma journée.

Kangouroux, c'est ma voiture, un utilitaire Kangoo à l'origine tout blanc, et qui a tant roulé dans les Ocres qu'il en est devenu rougeasse. Ajoutez à la couleur un peu de dérision, le prix d'un passage à la station-lavage, et vous obtenez Kangouroux. Réfugié dans Kangouroux donc, je me suis demandé quoi faire : c'est assez inhabituel d'avoir l'après-midi de libre, comme ça. Aller faire un tour ? Pas envie. Rentrer à la maison ? Pas envie non plus. Envie de rien.

La technologie familiale a alors décidé pour moi, j'ai reçu un SMS de mon frère, Doumé. J'étais prié d'aller faire les courses pour ce soir, il n'y avait plus rien à manger dans le frigo. J'ai tourné le contact, ça faisait du bien de ne plus avoir à réfléchir, quoi que ce soit à penser.

Je suis parti chez Leclerc, comme d'habitude : c'est juste à côté de Monsieur Bricolage. Le parking était à moitié vide en ce milieu d'après-midi. La belle vie des gens qui ne travaillent pas, me suis-je dit. J'ai saisi un des paniers empilés à l'entrée, juste après les portes automatiques. Que manger ce soir, là était la question. Boîte de raviolis du côté des conserves ou poêlée campagnarde direction les surgelés ? C'est qu'il allait falloir commencer à se serrer la ceinture pour les prochains mois : on ne roulait pas sur l'or, et avec moi sur le carreau, encore moins. Va pour la boîte de raviolis. C'est prêt en deux minutes, c'est chaud, et ça remplit la panse : que demander de plus ?

Le panier à roulettes me dirigeait vers mon Graal lorsque j'ai pilé sec : juste à l'angle, il y avait quelqu'un que je connaissais. Une fille du collège que je n'avais pas revue depuis Mathusalem. Elle était mimi à l'époque et, comble de malchance, elle l'était toujours. La poisse, encore. J'étais déjà en train d'imaginer la conversation que Buitoni allait devoir se farcir. « Et toi, qu'est-ce que tu deviens après tout ce temps ? » Répondre que vous êtes l'illustre responsable du rayon Aménagements extérieurs de Monsieur Bricolage aurait déjà été un petit calvaire. Alors répondre à cette question le jour où vous vous êtes fait virer, non, là, faut pas pousser.

J'ai fait un pas en arrière : la poêlée campagnarde de Bonduelle avait soudain des vertus qui m'avaient échappé au premier abord. Direction le rayon des surgelés, que demande le peuple. Au moment d'ouvrir la porte du compartiment réfrigéré et de mettre la main sur mes petits légumes de saison, j'ai reçu un nouveau SMS de Doumé.

PENSE A PRENDRE DU POISSON POUR VENDREDI

Et puis juste après, encore un autre :

ET FAIS GAFFE PAS DU FINDUS

Que c'est compliqué, la vie. Mais bon, allez savoir pourquoi, je suis bonne pâte, j'ai encore changé de direction et je suis parti du côté des poissons, juste à côté du rayon des surgelés (une des rares choses qui soient bien faites en ce bas monde).

Derrière les bacs remplis de glace et de poissons, il y avait, fidèle au poste, cette bonne vieille Mme Simonet. Je la connais bien : non pas parce qu'elle travaille chez Leclerc depuis trente ans, mais parce que Doumé et moi, on faisait du rugby avec son fils Simon et qu'elle venait le déposer aux entraînements. Simon Simonet, ça ne s'invente pas. Qu'est-ce qu'on avait pu le chambrer avec ça… J'en parle au passé, parce qu'il s'est tué à mobylette à quatorze ans. Mme Simonet m'a découpé deux steaks de thon et je me suis dirigé vers les caisses.

Mais il faut croire que, ce jour-là, j'avais vraiment fait quelque chose au bon Dieu. À peine avais-je posé mon panier dans la file que, boum, qui est venu se mettre à la queue leu leu ? Je vous le donne en mille : la copine du collège, tout juste échappée de ses conserves. J'avais le choix, feindre la surprise pour partir sur la conversation tant redoutée (mais il faut être bon acteur) ou faire semblant d'être absorbé par la poêlée campagnarde au point de ne voir personne. Avec tout le courage et l'intelligence qui me caractérisent, j'ai évidemment opté pour la solution numéro deux, ma poêlée campagnarde m'a tout à coup semblé être l'une des plus grandes énigmes de l'univers. Les calories, les instructions de cuisson, une petite histoire de l'aubergine, tout cela devenait fascinant.

Hélas, comme d'habitude, la file que j'avais choisie était la plus lente. À cette allure, ma couverture n'allait jamais tenir.

« Euh… Bonjour ? On était à l'école ensemble, tu… tu te souviens de moi ? »

Voilà, plus de doute, on était officiellement dans la journée la plus pourrie de ma vie. J'ai déployé tous les talents d'acteur que je n'ai pas pour avoir l'air surpris, chercher dans mes pensées, simuler l'étincelle du souvenir, et au final, clou du spectacle, avoir l'air ravi.

« Euh, oui, oui... Attends, ne me dis pas ton nom, ne me le dis pas. C'était… c'est Marianne, n'est-ce pas ? »

Sans blague, que c'était Marianne, j'aurais pu vous le dire dès la première seconde de l'épisode Buitoni. Et vous expliquer qu'on était dans la même classe en quatrième et en troisième, que sa famille était originaire du Liban et que je ne lui avais jamais rendu son effaceur.

« Oui c'est ça ! Toi aussi tu te souviens ! Comment tu vas ? »

À ce moment de la pièce de théâtre, voire du drame, il est particulièrement important de garder la mainmise sur les dialogues : avoir l'air intéressé, poser beaucoup de questions, en demander le plus sur elle pour en dire le moins possible sur vous, en espérant que la caissière se bouge un peu quand même. Et arrive votre tour de payer, c'est vraiment dommage, il faut que j'y aille. Une stricte application de ce protocole me permit d'apprendre que Marianne allait bien, qu'après un premier mariage foiré, elle venait de revenir au pays, c'était agréable de rentrer en Provence après tout ce temps, tu penses bien.

« Et toi, comment vas-tu ? »

La question tant redoutée. Ma poêlée campagnarde tenait la pole position sur le tapis roulant, on pouvait encore espérer une fin proche à mon supplice. Noyer le poisson.

« Oh, rien de bien neuf, tu sais. »

Une main enfin charitable se saisit à cet instant de mes steaks de thon et les fit passer devant la caisse enregistreuse. Ma délivrance. J'entendis une petite voix murmurer « dix-huit euros cinquante », une autre voix qui ressemblait bougrement à la mienne enchaîna « bon ben, bonne journée, ça m'a fait plaisir de te revoir ». Dans un accéléré élégant, je vis ma main tendre l'appoint, mes jambes quitter la grande surface et zigzaguer entre les gouttes au son du tonnerre, puis monter dans Kangouroux, direction la maison.

En allumant le contact, je pensai avec soulagement avoir mis un point final à cette journée de mégapoisse. Eh bien, encore une fois, j'avais tort.

## 2. LE CLOCHARD EN SMOKING

Nous vivons à Rustrel. Je dis « nous » parce que j'habite avec mon frère Doumé et qu'il est temps que je parle un peu plus de cet oiseau-là, il n'est pas sans importance pour le reste de l'histoire.

Doumé est mon frère aîné, il a deux ans de plus que moi. C'est un personnage : autant moi je ne dis jamais rien, tout se passe dans ma tête et il faut un forceps pour me sortir un mot, autant lui ne peut s'empêcher de parler à tort et à travers. Quand on était ados, on nous appelait les Daft Punk : toujours à deux, toujours avec nos casques de scooter, un qui tchatche et l'autre qui se tait. À la mort des parents il y a trois ans, nous sommes restés dans le nid familial, que nous n'avions jamais quitté d'ailleurs. Ça nous va bien d'habiter ensemble : aucun n'ennuie l'autre, et c'est parfait comme ça.

Doumé est postier, altermondialiste, il milite pour la CGT, il a continué le rugby et pas moi. Je pourrais parler de lui pendant cent ans, inventorier toutes les énormités qu'il sort à longueur de journée, mentionner toutes les filles qu'il a réussi à serrer là où je n'ai jamais su que regarder mes pieds, mais bon, je pense qu'on a compris son genre. Il se lève tous les matins pour aller faire sa tournée, met la musique à fond pour me réveiller (je commence, ou plutôt je commençais, un peu plus tard chez Monsieur Bricolage). Je le retrouve tous les soirs à dix-huit heures, fidèle au poste et avachi sur le canapé en train de regarder *Samurai Champloo* sur Canal Plus (ça passe en clair). J'avais un peu d'avance aujourd'hui, forcément, mais pas tant que ça.

En revenant de Leclerc, l'orage avait cessé. Je pourrais vous dire que nous habitons une chouette petite maison de village, toute mimi et digne d'une carte postale sur « Le Colorado provençal ». Je pourrais vous dire ça, mais la vérité est que ces baraques sont hors de prix, inchauffables en hiver, et généralement réservées aux Parisiens qui n'y passent que l'été. Je ne vous confierai pas pour autant que nous habitons une maison dans un lotissement construit à l'entrée du village, qu'elle n'a rien de spécial à part d'être la copie conforme de celle de droite et de celle de gauche. Nos parents ont trimé toute leur vie pour se la payer, on a notre fierté.

Je me demandais comment annoncer à mon frère que je m'étais fait virer. Doumé, quand il veut vous remonter le moral, il vous l'enfonce encore plus. Si vous vous faites plaquer par exemple, vous pouvez compter sur lui pour vous dire « une de perdue, dix de retrouvées ». Pour Monsieur Bricolage, j'imaginais bien un petit commentaire du style « de toute façon, c'était pas le boulot de tes rêves ». Tout juste, Auguste. Exactement. Et même ça, je l'ai foiré.

J'en étais là de mes pensées lorsque j'ai vu quelque chose bouger dans la lumière des phares. Un chat. Il y avait un chat là où je garais d'habitude Kangouroux. J'ai fait ronfler le moteur pour qu'il dégage : il s'écarta de mauvaise grâce de deux ou trois mètres, juste la place pour me garer, pas un centimètre de plus.

J'ai ouvert la portière et je suis sorti. Le chat était toujours là. Je ne l'avais jamais vu auparavant. Blanc et noir, comme s'il s'était mis en smoking pour un dîner chic. Le pauvre, il avait la peau sur les os, il n'avait pas dû manger depuis la saint-glinglin. On aurait dit un clochard qui avait dégoté un costume trois-pièces à l'Armée du salut et qui faisait la manche à la sortie de l'opéra. Il m'a regardé droit dans les yeux et a miaulé. C'était sans équivoque : « Une petite pièce pour manger s'il vous plaît. »

« Désolé, je n'ai pas de monnaie », lui ai-je répondu en saisissant la poêlée campagnarde et les steaks de thon sur la banquette arrière. Cela n'a pas semblé le décourager : il m'a emboîté le pas pendant que je remontais notre petit chemin. Môssieur avait dû flairer la bonne odeur à travers les emballages de Mme Simonet et se disait qu'en faisant de la lèche il arriverait bien à grappiller quelque chose. J'ai réussi à ouvrir la porte d'une main et une voix aussi familière que chaleureuse m'a accueilli.

« T'as pris à bouffer pour ce soir ? »

« Il y a un chat. »

La tête de Doumé a émergé du dessus du canapé. On aurait dit Alain Chabat dans *Didier*.

« Qu'est-ce que tu racontes ? »

« Je te dis qu'il y a un chat sur le paillasson. Il me suit depuis la voiture. Il doit être perdu ou abandonné. »

Doumé a daigné se lever du canapé pour voir l'incroyable réalité de ses propres yeux.

« Oh, mais je le connais bien lui, c'est pas la première fois que je le vois. Il traîne toujours dans le quartier. »

Moi, je ne l'avais jamais vu. Les gens disent que je suis tout le temps au radar, ils n'ont peut-être pas complètement tort.

« Je crois qu'il n'appartient à personne et à tout le monde à la fois. La voisine lui donne de temps en temps à manger. »

« Tu rigoles ou quoi ? T'as vu comme il est maigre ? Ça doit faire un bail qu'il n'a rien eu à bouffer. »

« Oui, ben c'est la vie. En tout cas, lui file rien, parce que sinon on n'arrivera pas à s'en débarrasser. Il va se taper l'incruste. »

Je n'ai rien répondu, Doumé s'est du coup senti autorisé à en rajouter une couche.

« Et va surtout pas le toucher, hein, il doit être plein de puces. Allez ouste, si tu as les crocs, tu n'as qu'à chasser les souris, c'est pas ça qui manque à Rustrel. »

Le chat a reculé. Et bam, Doumé a refermé la porte.

Je pourrais continuer cette histoire en racontant par le détail comment nous avons regardé ensemble la fin de *Samurai Champloo*. Comment, au moment du générique, je me suis levé et j'ai préparé la poêlée campagnarde en réfléchissant à la meilleure manière d'annoncer que je m'étais fait virer. Comment j'ai regardé mon assiette pendant tout le repas, et comment je me suis lancé au moment du Flanby. Comment il a reçu la nouvelle avec un « de toute façon, c'était un job de merde, t'allais pas y rester toute ta vie, hein ? ». Comment je lui ai balancé « tout le monde ne peut pas avoir l'illustre chance de travailler pour La Poste », et comment du coup on s'est engueulés, comme ça, sans raison.

Oui, je pourrais raconter tout cela dans le détail, mais je préfère appuyer sur *avance rapide* et arriver directement au moment du coucher. On avait fini de regarder *Trainspotting* sur M6 et Doumé était parti se coucher. Je suis resté sur le canapé cinq minutes de plus, puis je me suis levé, direction le frigidaire. J'ai ouvert la porte : trônaient sur l'étagère du milieu les deux steaks de thon de Mme Simonet. J'ai pris le plus épais et j'en ai découpé un petit morceau. Je l'ai mis sur une feuille de Sopalin et j'ai ouvert sans bruit la porte d'entrée.

Il n'y avait pas un chat. J'ai lancé des *pitchi pitchi* à voix basse : pas plus de résultat. La poisse. Si je laissais le thon sur le paillasson, il y avait un risque que Doumé le trouve demain matin, étant donné qu'il se lève en premier.

Le remettre au frigidaire, il ne fallait pas y penser, c'était signer mon forfait. Il ne restait que deux solutions pour faire disparaître l'objet du délit : la poubelle ou, plus sûr encore, la cuvette des toilettes. Quelle honte, quand on pense à la biodiversité et aux quotas de l'Union européenne, mais tant pis. J'ai pris la direction des WC. Et c'est en traversant sans bruit le salon que j'ai vu une petite tête avec deux yeux jaunes qui me regardaient derrière la porte-fenêtre de la terrasse. Môssieur avait de la suite dans les idées. Et le sens de la topographie.

J'ai fait mon possible pour ouvrir sans bruit la porte vitrée : elle grince terriblement. J'ai poussé du pied doucement le chat : hors de question qu'il entre dans la maison. Je ne suis pas l'abbé Pierre non plus.

Le clochard en smoking me regardait, ou plutôt il regardait ma main qui tenait le Sopalin. Je suis allé au bout de la terrasse, il m'a encore emboîté le pas. « Les nuits ne sont pas sûres, monseigneur, restons l'un près de l'autre, ce serait dommage de se perdre encore une fois », semblait dire sa démarche appliquée. J'ai déposé le thon à l'angle de la terrasse. Monsieur a fait style de renifler, à mi-chemin entre « vérifions que je ne vais pas me faire empoisonner » et « est-ce bien au moins du thon de Méditerranée ». Au bout de cinq secondes, il ne s'est plus fait prier.

Je l'ai regardé un instant, et puis j'ai levé les yeux. Il ne faisait pas particulièrement chaud. Dans le noir, la silhouette du Luberon s'élevait, muette. D'habitude, l'odeur de l'ozone après l'orage me calme, mais là, rien du tout. J'avais les nerfs en pelote. C'était la mouise, cette histoire de Monsieur Bricolage. La mégamouise. C'est vrai que ce n'était pas le job de ma vie, mais que faire à la place ? Les opportunités de boulot dans la région ne sont pas légion.

À mes pieds, le clochard en smoking faisait avec ses léchouilles un boucan de tous les diables. Il allait finir par réveiller Doumé, l'animal. Non, vivre à deux sur un salaire de postier, ça n'était pas une solution : à vingt-cinq piges, il allait falloir que je vole de mes propres ailes.

## FREEBIRD

*43°15'29.2"N 3°50'57.2"W*

…

*Et battant des ailes*
*il enflamme l'air qu'il exhale*
*tel le fer sur le silex.*

…

*Lope de Vega*

## 3. LE TATOUÉ

*Tourner le temps à l'orage*
*Revenir à l'état sauvage*
*Forcer les portes, les barrages*
*Sortir le loup de sa cage*
*Sentir le vent qui se déchaîne*
*Battre le sang dans nos veines*

Johnny Hallyday, *Allumer le feu*

Depuis deux mois, c'était la même chose tous les matins : 7 h 55, Doumé partait pour sa tournée et mettait à fond tout ce que la musique comptait d'un peu pêchu. Du rock. Du punk. Beaucoup de rock. C'était pour me motiver, paraît-il.

« C'est pour éviter que tu flemmardes au lit et que tu te ramollisses. Une grasse matinée le week-end, ça passe, mais quand c'est tous les jours ça finit par se sentir », me répétait-il chaque soir.

À peine Doumé sorti, je descends dans le salon pour éteindre la chaîne hi-fi, je me fais un gros bol de café et c'est parti, je candidate. J'aimerais pouvoir dire que je suis sélectif, que je ne choisis que ce qui touche de près ou de loin à la poterie, et que sinon je passe. Mais même pas, malheureusement, je tire sur tout ce qui bouge. J'écume les pages « Emplois » de *Vaucluse Matin*. Du *Dauphiné Libéré*. De *La Provence*. J'ai activé des alertes par e-mail du côté de Pôle Emploi, Jobi-Joba, Pacajobs, j'en passe et des meilleures. J'ai fait mon CV sur Word, même s'il ne pèse pas bien lourd, le pauvre, on l'a mis sur LinkedIn (pour que les chasseurs puissent me chasser) et on a fait avec Doumé une lettre de motivation type, qui dit grosso modo que ce job, c'est ma vie. Il n'y a qu'à remplacer le nom de l'employeur par un copier-coller et hop, on s'y croirait : à la maternelle déjà, je rêvais de travailler pour trucmuche, donc vous pensez bien, maintenant, c'est tout naturellement que je postule.

La vérité, c'est que ça ne marche pas des masses. Je regarde chaque matin qui a visité mon profil LinkedIn, la réponse est invariable : personne. Et pour ma lettre de motivation, c'est pire que tout. À peine le mail envoyé, je reçois une réponse qui me dit que mon profil sera étudié avec la plus grande attention. Et trois-quatre semaines plus tard, j'en reçois une autre, me disant que, malgré mes grandes qualités, mon profil ne correspond pas tout à fait aux attentes du poste. Par contre, si ça ne me gêne pas, on va archiver mon profil, au cas où, sait-on jamais, sur un malentendu, ça peut coller.

Ah ! Ce profil. Jamais le bon. Si on me l'expliquait en face au moins. Mais il n'y a jamais personne : si vous arrivez à mettre un nom sur celui ou celle qui signe « l'équipe recrutement », vous êtes champion.

Bon, ça, c'est pour la matinée. Inutile de dire que j'ai connu plus réjouissant. L'après-midi, je sors, je vais m'aérer le cerveau comme dit Doumé. Je vais marcher dans les Ocres, soit en partant à pied depuis la maison, soit en prenant la voiture et en poussant un peu plus loin. Moralité, Kangouroux n'a jamais été aussi roux : on jurerait que c'est sa couleur naturelle. J'essaie de ne pas trop penser, de profiter de la fin de l'automne, de ne pas avoir les yeux rivés sur mon téléphone. C'est difficile, on se dit : « et s'ils rappellent », ou bien « ils doivent déjà parcourir la liste des candidats, c'est le premier qui décroche », et on passe tout le sentier à scruter son écran.

Si vous êtes en train de me lire et que vous avez déjà été au chômage, vous devez vous dire que, mon gars, il n'y a rien de bien nouveau sous le soleil, et qu'il n'y a pas de quoi en faire toute une histoire. Et vous auriez raison.

Mais je ne vous ai pas tout dit. Lorsque Doumé part, pendant ces longues journées, eh bien, je ne suis pas tout à fait seul. Le lendemain de ma glorieuse rupture avec Monsieur Bricolage, après avoir été réveillé par un morceau de *je-ne-sais-plus-qui-mais-ça-donne-la-pêche*, je me préparais un café lorsque je me suis senti observé. Derrière la porte-fenêtre de la terrasse, coucou me revoilou, monsieur le clochard en smoking me guettait. Lorsque nos regards se sont croisés, il s'est mis à miauler. Ce n'était pas du genre « s'il te plaît, aide-moi ». Non, c'était beaucoup plus « j'ai les crocs, qu'est-ce qu'il y a pour le petit déjeuner ? ». Cela m'a laissé, je l'avoue, sans voix.

J'ai fait mariner un peu l'animal, le temps que mon café soit prêt. Puis j'ai pris ma tasse et mon courage à deux mains, et suis allé le rejoindre sur la terrasse. Il faisait bon, juste un tantinet frisquet, parfait pour apprécier encore plus la chaleur du café. J'ai posé deux-trois questions au clochard à quatre pattes, histoire de faire connaissance : « Alors tu as chassé les souris cette nuit ? » Chaque fois, il me répondait, un petit miaulement qui ressemblait bougrement à « il ne te resterait pas du thon par hasard ? ».

Si, il m'en restait, mais hors de question qu'il m'entraîne sur cette pente-là, ça commence comme ça et on sait bien où ça nous mène. J'ai pris le taureau par les cornes et l'iPhone dans la poche de mon jean. J'ai fait une photo du chat comme s'il se retrouvait en garde à vue : un coup le profil gauche, un coup le profil droit, et une dernière de face. Al Capone à Alcatraz. J'ai enfilé un pull et suis allé toquer chez la voisine. On se connaît bien, elle est gentille, c'est l'ancienne institutrice.

« Bonjour, on a trouvé un chat hier. Il ne serait pas à vous par hasard ? Vous ne le connaissez pas ? »

Je lui ai mis mon iPhone sous le nez ; elle a tout de suite réagi.

« Oh, mais ce n'est pas la première fois que je le vois ce matou, dis-moi. Il traîne toujours à droite à gauche. Il n'appartient à personne. Un jour il mange chez untel, un autre chez tartempion. »

Comme je suis d'un naturel têtu, je suis allé sonner chez notre autre voisin. On ne se parle pas, c'est un crétin, je ne sais pas ce qu'il fait dans la vie.

« Ah, ce tartempion, je le connais bien, il rôde dans le coin tous les soirs. »

Ça m'a suffi et dans la foulée, le chat a changé de nom pour Tartempion et gagné une nomination de conseiller en recherche d'emploi.

Les jours d'après, tout s'est fait naturellement, pas à pas. Tartempion apparaît le matin à la porte-fenêtre, il fait bien attention que Doumé ne soit pas là, il a bien compris le caractère interdit de notre petite relation. Je lui ouvre et le laisse rentrer. Au début, je lui donnais sur la terrasse des boîtes de thon, mais ce petit manège n'a pas duré bien longtemps. La période de disette-chômage n'était pas franchement idéale pour les menus de luxe. Je me suis résolu à acheter un gros sac de croquettes, que je cache dans le garage derrière la tondeuse à gazon.

En contrepartie, Tartempion travaille, il me conseille dans mes recherches. Monsieur est un bavard : il répond systématiquement lorsque je lui parle. Je lui demande par exemple qui, entre Jardiland et la mairie de Carpentras, aura l'illustre honneur de recevoir mon CV en premier. Il miaule une fois et c'est Jardiland qui l'emporte ; deux et c'est la mairie.

Ces petits dialogues peuvent vous faire sourire, mais il faut me comprendre : depuis deux mois, mis à part Doumé et deux-trois connaissances au moment de faire les courses, je ne parle à quasiment personne. Et si je me permets de me confier à vous, c'est que mon petit secret n'en est plus un depuis aujourd'hui. Sur le coup des dix heures, mon conseiller Pôle Emploi avait validé une lettre de motivation pour un poste de manutentionnaire chez Kiloutou. J'étais en train de faire mon CTRL+H pour remplacer « La Foir'Fouille » par « Kiloutou » lorsque la porte du salon s'est soudainement ouverte.

« J'ai oublié mon téléphone », m'a balancé Doumé à la va-vite. C'est là qu'il a vu Tartempion au milieu du salon.

« Qu'est-ce qu'il fout là, lui ? »

Au vu des pages précédentes, vous pensez sûrement que Doumé est le plus bel ambassadeur des blaireaux. Vous seriez en droit d'attendre une formidable scène entre les deux frangins, avec les portes qui claquent et les « tout ça, c'est avec mon salaire ! ».

Eh bien non, vous auriez tout faux, parce que vous ne connaissez pas Doumé, du moins pas aussi bien que moi. Il s'est juste assis sur le canapé, comme s'il venait de recevoir un coup de massue. Super calme. Comme s'il avait l'éternité devant lui, alors que je savais parfaitement que sa tournée n'allait pas se faire toute seule.

« Je comprends mieux pourquoi les boîtes de thon disparaissaient à la vitesse du TGV », a-t-il soupiré, le menton enfoncé dans sa main.

Oubliant sa posture de frère aîné, il s'est penché vers Tartempion et lui a tendu la main en faisant « *pitchi, pitchi* ». Mon conseiller Pôle Emploi personnalisé lui a répondu : un petit *miaou* par-ci, un petit *miaou* par-là, puis est venu se frotter contre ses jambes. Doumé l'a attrapé par la peau du cou : littéralement je veux dire, comme les chattes le font avec leurs chatons. Il l'a attrapé par la peau du cou et l'a mis sur ses genoux.

« Alors ça y est, t'as réussi à te taper l'incruste pour de bon ? »

Tartempion a continué à lui répondre, j'en aurais presque été jaloux. Apparemment, je n'avais pas le monopole de sa conversation. Il ronronnait, on ne s'entendait presque plus parler.

« Comment tu l'as appelé ? »

« Tartempion. »

Il s'est marré.

« Ah, c'est pas mal, c'est plutôt bien trouvé. Alors monsieur Tartempion, on est content de plus dormir sous les ponts ? »

Doumé a continué à le caresser, puis m'a regardé avec des yeux graves.

« Bon, c'est toi qui t'en occupes, hein ? La litière, la bouffe, les poils sur le canapé, tout ça je ne veux pas en entendre parler, hein ? C'est toi qui t'y colles. »

J'ai fait oui de la tête, tout en me disant qu'on aurait cru Papa, c'est fou. Portrait craché.

« Et il va falloir l'amener chez le véto, il doit être plein de puces, là, il faut le vermifuger et tout, ça va encore coûter une blinde. »

Doumé a commencé à l'ausculter style George Clooney dans *Urgences*, à croire qu'il avait fait ça toute sa vie. Mon conseiller Pôle Emploi a dû sentir que la conjoncture économique avait changé et qu'il allait falloir scruter les indicateurs de l'INSEE : ses oreilles faisaient des quatre-vingt-dix degrés à tire-larigot.

« Non, mais punaise, t'as vu qu'il est tatoué, ton chat ? »

Doumé s'était redressé, il tenait maintenant la tête de Tartempion d'une main et lui retournait l'oreille gauche. Monsieur Pôle Emploi n'en menait pas large, il faisait une tête pire que s'il avait été pris en train de frauder avec l'assurance-chômage.

Non, je n'avais pas remarqué. Peut-être parce qu'il avait les oreilles sales, peut-être parce que je ne suis pas très doué pour ces choses-là. Doumé m'a regardé comme s'il avait vu la Vierge :

« Il est tatoué, ça veut dire qu'on peut retrouver son propriétaire. »

## 4. LE MENTEUR

Le moins que l'on puisse dire, c'est que ça a un peu cassé l'ambiance. Doumé est reparti faire sa tournée. Tartempion était devenu muet, à croire que la découverte de son tatouage lui avait coupé la chique.

Sournoisement, entre deux candidatures, ma souris a glissé de Jobi-Joba vers la barre de mon moteur de recherche. J'ai tapé « je viens de trouver un chat tatoué ». Sans surprise, Internet conseillait d'aller chez le vétérinaire, qui pourrait lire le tatouage et remonter jusqu'au propriétaire.

Ça m'ennuyait un peu. Ça m'ennuyait même beaucoup. Une fois chez le vétérinaire, et une fois le propriétaire contacté, les dés seraient jetés : mon conseiller Pôle Emploi avait toutes les chances de subir une reconversion professionnelle et géographique. La perspective de vivre de longues journées en solitaire face à mon écran d'ordinateur ne me réjouissait guère. Quelle poisse, je vous jure. La loi de Murphy.

J'en étais là à soupeser le pour et le contre quand une idée saugrenue m'a fait un petit bonjour de la main. J'ai demandé à Tartempion ce qu'il en pensait : sorti de son mutisme, il a miaulé que oui, c'était une idée qui valait le coup d'être tentée.

En deux minutes chrono, je suis allé sur le site de La Poste pour créer une nouvelle adresse e-mail, à l'intitulé audacieux : jeviensdetrouverunchattatoue@laposte.fr, puis j'ai rédigé le message qui suit :

*Bonjour,*
*Ceci n'est pas un spam. Un chat vient manger chez moi depuis deux mois. Jusqu'à présent je lui donnais à manger, mais je vais déménager. J'imagine le prendre avec moi, mais je ne voudrais pas l'enlever à une famille (qui, si elle existe, ne lui donne pas beaucoup à manger!) (il avait la peau sur les os quand je l'ai trouvé). Gouttière, blanc et noir, comme s'il avait un smoking. Il est tatoué : DYD 785. Cela ne m'avance pas beaucoup et je n'ai aucun numéro pour contacter un éventuel propriétaire. Que dois-je faire ? Pouvez-vous m'aider ? D'avance merci.*

Eh oui, cette histoire de déménagement, un petit mensonge pour faire passer la pilule. Je suis allé sur les Pages jaunes et j'ai cherché un vétérinaire loin d'ici, histoire de bien brouiller les pistes. Au hasard, une clinique vétérinaire à Tassin-la-Demi-Lune s'est portée volontaire. J'ai regardé une dernière fois Tartempion et lui ai demandé : « Bon, alors on le fait ou on le fait pas ? » Il a miaulé, et j'ai cliqué sur le bouton *Envoyer.*

Après toutes ces émotions, je n'avais aucune envie de me replonger dans la recherche d'emploi. Une candidature de plus ou de moins, ce n'est pas ça qui allait changer ma journée. J'avais besoin d'air pur. J'ai fait sortir Tartempion, j'ai pris ma polaire et suis parti avec Kangouroux vers Gignac : il y a des sentiers qui partent de là pour aller se perdre dans les cheminées de fée loin dans les Ocres.

*

On était mi-novembre, il ne faisait pas chaud : il fallait marcher vite pour se réchauffer. Je sentais mon téléphone dans ma poche à chaque pas, aussi lourd qu'un boulet. Arrivé à la première cheminée de fée, je n'ai pas réussi à me retenir plus longtemps : il y avait du signal et vite-vite, je suis allé sur la messagerie de La Poste. Un message m'attendait.

*Bonjour,*
*Ce chat s'appelle Ikki. Il a été déclaré perdu il y a trois ans. Est-il en bonne santé ? Avez-vous un numéro où son propriétaire pourrait vous contacter ? Merci à vous !*
*Émilie*
*Clinique vétérinaire de Tassin-la-Demi-Lune*

Ça m'a fait un petit choc. Tartempion s'appelait Ikki. Il avait un propriétaire, que l'on pouvait contacter. Patatras. Je me suis appuyé sur la cheminée de fée pour digérer la nouvelle. J'ai avalé ma salive : cela a fait un vacarme de tous les diables, accentuant le silence tout autour de moi.

Je me suis assis, ou plutôt j'ai eu besoin de m'asseoir, contre la cheminée de fée. Le contact de l'ocre avec la peau de mon cou m'a fait du bien. Froid. Calme. Une petite voix s'est mise à murmurer : « Tout n'est pas perdu. Ne lâche rien. » C'était peut-être la fée. J'ai repris mon téléphone, j'ai cliqué sur *Répondre* et j'ai rédigé le message suivant :

*Bonjour,*
*Merci pour votre retour ; je ne vous cache pas que cela m'ennuie un peu. Mes deux filles se sont fortement attachées à ce chat, et la perspective de les en séparer va faire un drame. Est-il possible*

*de savoir comment ce chat a été perdu, et pourquoi son « propriétaire » n'a rien fait pour le retrouver pendant trois ans ? Merci beaucoup.*

Je vois que vous froncez les sourcils : eh oui, deux filles. Disons que j'ai menti pour la bonne cause. Un petit mensonge pour faire le bien ne fait pas de mal. Et paf, envoyé !

C'est marrant, mais en randonnée, le retour paraît toujours plus court que l'aller. Aujourd'hui c'était encore plus vrai. Le sentier a défilé à toute vitesse, et en moins de temps qu'il ne faut pour le dire, Kangouroux est réapparu, m'attendant bon pied bon œil.

À peine la portière refermée, j'ai de nouveau craqué : un rapide coup d'œil, juste pour être sûr, cette Émilie ne pouvait pas avoir déjà répondu. Tout faux : un message m'attendait déjà dans la boîte de réception. Décidément, à Tassin-la-Demi-Lune, la 4G devait marcher du feu de Dieu.

*Bonjour,*
*J'ai laissé un message au propriétaire «officiel» d'Ikki pour lui expliquer la situation. Légalement, il faut lui demander son accord et faire un changement de propriétaire dans la base de données car sinon c'est considéré comme un vol (même avec de bonnes intentions). Je vous tiens informé dès que j'en sais plus.*
*Cordialement,*
*Émilie*

Un tel message, ça met du baume au cœur, c'est autre chose que les réponses types de La Foir'Fouille. Le ciel allait peut-être virer au bleu. En tout cas, ce paresseux de mistral commençait enfin à faire son boulot et dégageait les nuages.

Arrivé à Rustrel, je me suis fait à déjeuner. Il était presque quatorze heures et je n'avais rien mangé depuis ce matin. Je me suis préparé des spaghettis bolognaise tout en surveillant ma boîte mail : Tassin-la-Demi-Lune ne répondait plus.

Les spaghettis terminés, toujours pas d'e-mail. Je me suis allongé sur le canapé et j'ai essayé de fermer un œil. Depuis que je suis au chômage, je fais chaque jour des microsiestes, cinq-dix minutes pas plus, ça me fait un bien fou. Au réveil vous êtes frais et dispo, beaucoup plus productif que si vous vous étiez acharnés à garder les yeux ouverts. Sans surprise je suis tombé comme une souche : dix minutes où le monde aurait pu s'effondrer, je ne m'en serais pas rendu compte.

À mon réveil, j'ai regardé mes e-mails : Tassin-la-Demi-Lune avait enfin répondu.

> *Rebonjour, le propriétaire d'Ikki est d'accord pour vous laisser le chat car il avait disparu depuis plusieurs années. Nous vous conseillons d'aller dans la clinique vétérinaire la plus proche pour lui faire un check-up et signaler le changement de propriétaire.*
> *Bonne fin de journée.*
> *Émilie*
>
> *P. S. : Si jamais vous souhaitez le contacter, vous pouvez le joindre au 06.13.45.22.85. Cela lui ferait plaisir.*

Derrière la fenêtre, un mouvement a attiré mon attention : Tartempion venait aux nouvelles.

## 5. L'ANCIEN PROPRIÉTAIRE

Je me suis levé d'un bond de mon canapé pour ouvrir à mon conseiller Pôle Emploi : il méritait bien d'apprendre que son CDD se transformait en CDI. Il a miaulé en rentrant, comme pour dire merci. J'ai fait un test en l'appelant successivement Ikki puis Tartempion : la différence de réaction n'a pas été des plus folles.

Je lui ai servi dans du papier d'aluminium une boîte de thon en guise de célébration et me suis mis à penser à la suite. Je n'avais pas des masses envie de prendre mon téléphone, il y avait encore moyen que le gars change d'avis et veuille récupérer son matou. En même temps, il avait été chic : si jamais j'avais perdu mon chat, j'aurais bien aimé qu'on me donne de ses nouvelles trois ans plus tard.

Allez, banco. Le matou venait de finir son quota méditerranéen : il se léchait les babines et se nettoyait le bout du museau. J'ai fait trois photographies de lui, sous des angles différents. Il a pris la pose : de profil, de trois quarts, et pour la dernière, il m'a offert le luxe de regarder l'objectif en face, droit dans les yeux. Ma terrasse était devenue la croisette. Hop, un petit SMS :

> BONJOUR JE SUIS LA PERSONNE QUI A TROUVE IKKI. JE L'AI APPELE TARTEMPION JE NE SAIS PAS QUEL NOM JE VAIS GARDER C'EST UN SACRE BAVARD IL REPOND QUAND ON LUI PARLE C'EST FOU. IL VA BIEN IL S'EST BIEN REMPLUME.

MERCI DE ME LE LAISSER. VOICI DES PHOTOS
DE LUI.

Et paf, envoyé. Le gars, il devait être suspendu à son téléphone, parce qu'il a appelé tout de suite. J'ai laissé sonner, je n'ai pas répondu. J'ai fait mon timide. Il n'a pas laissé de message, il a appelé une seconde fois. Comme ça, direct. Je n'ai toujours pas répondu, qu'est-ce qu'on allait bien pouvoir se raconter, la messe était dite. Je me suis baissé pour ramasser le papier d'aluminium et j'ai entendu un *Ding!* dans ma poche. J'avais reçu un SMS.

JE SUIS HEUREUX D'APPRENDRE QU IL A UNE
NOUVELLE MAISON IL LE MERITE BIEN. JE L'AI
PERDU QUAND J'AI DEMENAGE DE RUSTREL
(VAUCLUSE). JE L'AI CHERCHE SANS SUCCES JE NE
M'EXPLIQUE PAS COMMENT IL S'EST RETROUVE
À TASSIN-LA-DEMI-LUNE, MAIS BON PEU
IMPORTE UN GRAND MERCI POUR LES PHOTOS

Évidemment, il avait déduit que j'habitais à Tassin-la-Demi-Lune. Peu importe, ce n'est pas comme si on allait se rencontrer de toute façon, pas besoin de le corriger. Le soleil baissait, il commençait à ne pas faire chaud, Doumé allait bientôt rentrer. J'avais tout juste le temps d'envoyer encore une ou deux candidatures : avec toutes ces histoires, je n'avais rien foutu de la journée.

Je pourrais vous dire comment j'ai tout raconté à Doumé quand il rentré. Je pourrais vous raconter comment il a insisté pour que j'emmène Tartempion chez le vétérinaire, et pas plus tard que demain la veille. Je pourrais vous décrire comment du coup il a réservé lui-même sur le site de la clinique vétérinaire d'Apt un rendez-vous pour samedi. Je pourrais vous raconter comment il a cliqué sur *réserver* en maugréant : « On va y aller ensemble, comme ça je suis sûr que c'est fait et que tu ne prépares pas d'entourloupe en douce. » Je pourrais vous raconter comment nous avons ensuite regardé *Samurai Champloo*, comment il n'a rien dit jusqu'au générique de fin, puis comment il m'a dit avoir appris que Mme Simonet (la poissonnière dont le fils jouait avec nous au rugby, souvenez-vous) était morte il y a un mois d'une hémorragie fulgurante, personne n'avait rien vu venir.

Je pourrais vous raconter tout ça dans le détail, mais je préfère passer en accéléré sur notre dîner pour vous parler directement du moment où toute cette histoire a basculé, du moins je crois. Où tout ce micmac est devenu autre chose qu'une simple anecdote de chat trouvé ou de gus qui perd son emploi.

On avait éteint les lumières du salon, Doumé était monté se coucher et moi aussi. J'ai pris mon téléphone et j'ai réglé mon alarme pour le lendemain matin. Après, je ne sais toujours pas pourquoi j'ai fait ça. C'était complètement idiot, parfaitement illogique, le meilleur moyen de tout faire foirer. Par stupidité sans doute. Ou par culpabilité. Ou peut-être simplement parce que j'aurais bien aimé que quelqu'un le fasse pour moi. Mes doigts ont commencé à taper un SMS :

> NON EN FAIT JE N'HABITE PAS A TASSIN-LA-DEMI-LUNE J'AI JUSTE CONTACTE CE VETO AU HASARD J'HABITE A RUSTREL ET SI VOUS VOULEZ VENIR VOIR IKKI JUSTE POUR LUI DIRE BONJOUR ET AU REVOIR VOUS POUVEZ. MAIS ATTENTION IL RESTE AVEC MOI, OK ?

Je ne sais toujours pas ce qui m'a pris. C'était le meilleur moyen que le gars change d'avis et reparte avec Tartempion. À peine le SMS parti, je me suis tapé le front en me traitant d'idiot. Le bonhomme ne devait pas dormir non plus parce que j'ai tout de suite reçu son SMS :

> C'EST TRES GENTIL A VOUS MERCI N'AYEZ PAS
> D'INQUIETUDE QUAND ETES VOUS DISPONIBLE ?
> QUELLE EST VOTRE ADRESSE ?

Le pire dans l'histoire ? C'est que je la lui ai donnée.

# 6. LE JÉSUS-CHRIST

On s'était fixé rendez-vous dès le vendredi, dans l'après-midi, à quatorze heures. Je n'en menais pas large, je n'avais pas arrêté d'y penser : si seulement j'avais attendu que l'on soit allés chez le vétérinaire, que l'on ait fait ce changement de propriétaire. Mais non, il avait proposé cette date, et je n'avais pas osé refuser. Je n'avais pas envoyé une seule candidature de toute la matinée, et cerise sur le gâteau, je m'étais pris deux réponses négatives dans les dents.

Comme à son habitude, Tartempion avait pointé le bout de son museau vers neuf heures ; il dormait maintenant sur le canapé. Je le surveillais du coin de l'œil. Les heures ont passé et je postulais à une nouvelle offre lorsqu'une vieille 205 s'est avancée sur le chemin. Quatorze heures, pile à l'heure. Un bonhomme en est sorti, je l'observais du coin de l'œil derrière les rideaux. C'était le portrait craché de John Lennon. Des cheveux longs jusqu'aux épaules, tout fins et gris. Les mêmes lunettes rondes, le même visage émacié derrière. Vous lui mettiez une barbe et vous auriez pu l'appeler Jésus. Il portait des vêtements amples, alpaga du Chiapas garanti. Je me suis mis à regretter que Doumé ne soit pas là : je les aurais branchés CGT, avenir du service public, je n'aurais pas eu besoin de faire la conversation. Le vin était tiré, il fallait le boire : j'ai ouvert la porte d'entrée et me suis avancé sur le paillasson.

« Bonjour, on s'est eus par SMS et… », a commencé à me dire Jésus.

Je me doute bien. Tu ne crois quand même pas que je t'ouvre pour assister à la multiplication des pains.

« Oui bonjour, entrez je vous en prie », ai-je dit avec un grand sourire.

Il m'a remercié, a essuyé ses sandales sur le palier, puis est entré dans le salon. Si j'étais encore sur le qui-vive, j'avoue que la curiosité commençait à l'emporter. Tartempion allait-il le reconnaître ? Allait-il moufter, ou s'en foutre royalement ? C'était touchant quand même, ce monsieur qui ne l'avait pas vu depuis des années et qui venait lui serrer la patte. Le gars a fait trois pas : de l'autre côté, sur le canapé, le sphinx a ouvert un œil.

« Coucou, Ikki, tu me reconnais ? Ikki ? Ikki ? » a demandé doucement Jésus-Christ.

Et incroyable, mais vrai, le matou lui a répondu. Miaou. Miaou. Vous pourriez me dire que voyons, ce chat répond à tout le monde quand on lui parle, et vous n'auriez pas complètement tort, mais quand même, il y a eu une certaine intensité dans notre salon à ce moment-là. Jésus a souri et s'est approché de Tartempion, puis s'est mis à le caresser du bout des doigts.

« Alors, tu me reconnais ou tu me reconnais pas ? Tu me remets ? En tout cas, tu n'as pas changé, toujours aussi bavard. »

Il a fait une pause, l'a gratté sous le menton, et a repris :

« Je peux te dire que tu m'as causé du mouron, je t'ai cherché partout, je suis revenu tout un tas de fois, mais tu préférais courir après les minettes, hein ? »

Puis il a ajouté, cette fois pour moi :

« Quand j'ai déménagé, impossible de remettre la main dessus. Je suis revenu tant et tant, j'ai laissé des affichettes, sonné aux portes : aucun résultat. J'ai pensé qu'il était passé sous une voiture. Je peux vous dire que j'ai été sacrément surpris lorsque j'ai reçu un message de cette clinique de la région lyonnaise. Je n'y croyais pas, j'ai sauté de joie sur ma chaise. »

Là, j'ai raconté à Jésus toute l'histoire, comment je m'étais fait virer, comment j'avais trouvé Tartempion – oui, c'est comme ça que je l'ai appelé, c'est rigolo hein –, le pourquoi du comment j'avais contacté Tassin-la-Demi-Lune, la cheminée de fée, et pif paf poum nous voilà. On a discuté comme ça vingt minutes, avec Sa Majesté sur le canapé qui nous répondait de temps à autre. À la fin je ne savais plus quoi dire, je voyais l'heure qui tournait et Jésus qui ne voulait pas partir. Il a dû voir que je regardais ma montre parce qu'il s'est excusé :

« Bon je vais y aller, je ne vais pas vous retenir plus longtemps, c'est déjà très gentil de m'avoir permis de le revoir, ça m'a fait un bien fou. »

Il s'est levé.

« Ah, par contre j'avais un petit service à vous demander… »

Bingo, je le savais bien qu'il allait y avoir mérou sous caillou. Baleineau sous gravillon. La température a brusquement chuté dans le salon. Il a mis la main dans un sac qu'il avait apporté et en a sorti des boîtes de thon listao, à l'huile d'olive biologique et un gros *Pêche durable* flanqué dessus.

« Si vous pouvez lui en donner une de temps à autre… Il adore ça. »

Je me suis senti idiot. Je l'ai raccompagné sur le chemin, et on s'est serré la pogne. Ou plutôt il m'a serré la main, longuement, très longuement. Il ne me lâchait plus, en me regardant droit dans les yeux. À la fin, c'en était presque gênant, surtout qu'il ne faisait pas chaud. Peut-être était-ce sa manière de me remercier d'avoir sauvé son chat, mais quand même. À la fin, comme à regret, il m'a lâché la main lentement et est monté dans sa voiture.

Et ce fut tout, je ne l'ai plus jamais revu.

## 7. L'ENTRAÎNEUR SPORTIF

*So many times, it happens too fast*
*You change your passion for glory*
*Don't lose your grip on the dreams of the past*
*You must fight just to keep them alive*

Survivor, *Eye of the Tiger*

7 h 55, reprise du hit-parade grâce à Doumé. Et ce matin, la musique de *Rocky*, c'était plutôt bien trouvé : j'avais dégoté un entretien. Oh, pas la peine de sauter au plafond : juste un entretien téléphonique.

On avait tout répété avec Doumé et Tartempion, rien n'avait été laissé au hasard. Tout d'abord, l'habillement. C'est très important, l'habillement. Il faut mettre des vêtements qui marquent bien. On pourrait croire que par téléphone, cela n'a pas d'importance, mais détrompez-vous : sur Internet, ils disent que ça se ressent dans la voix, et que si vous êtes en jean et T-shirt, le recruteur, il détecte en vous le va-nu-pieds de première classe.

Pareil pour le sourire : il faut sourire quand vous parlez, pour avoir l'air engageant et naturel. Je pourrais répondre qu'au naturel je ne souris pas, ou très peu, mais ne faisons pas de mauvais esprit, tu le veux ce job ou tu le veux pas, hein ?

Bref, à onze heures pétantes, j'étais paré, la tension était à son comble. À la place du sweat à capuche de Stallone, j'avais mis mon polo du dimanche, et à la place du gros entraîneur dans la voiture de golf, il y avait Tartempion sur le canapé. Il me regardait avec son air sérieux, et vous n'aviez pas envie de rigoler. Doumé m'avait laissé un mot sur la table de la cuisine, digne de sa poésie habituelle : TU VAS TOUT DÉCHIRER.

Le téléphone a sonné : je m'étais mis là où on avait le maximum de signal, hors de question de tout foirer à cause d'une mauvaise connexion. C'était bien la dame des ressources humaines. On a échangé les banalités d'usage et puis bingo, la question sur la motivation est tombée direct. Mon coach à quatre pattes m'a regardé avec de grands yeux, genre « vas-y, te plante pas, on a préparé ». C'était vrai en plus : on avait fouillé avec Doumé sur des forums de discussion « quelles sont les motivations pour un poste de chef de rayon ? », et on avait eu plein de réponses, et attention, des bonnes. J'ai commencé à les dire, mais genre l'air naturel, sans les énumérer, lorsque Tartempion a murmuré : « Le sourire, punaise, tu oublies le sourire ! » Ouche ! Erreur de débutant. J'ai souri jusqu'aux oreilles.

Après elle a remonté le CV. C'est dur de voir défiler sa vie : ça vous rappelle que vous n'en avez rien fait de formidable, et précisément lorsqu'il faudrait prétendre le contraire, que vous avez volé de succès en succès, les doigts dans le nez en plus. Disons que ça a été un peu douloureux. Il y a eu des blancs, et même des temps morts. Tartempion me regardait calmement. On pouvait lire dans ses yeux : « Tu as fait ce que tu as pu, ce n'est déjà pas si mal. » Ça m'a un peu remis en selle, je l'ai joué combatif, celui qui n'abandonne pas malgré les embûches. Je ne sais pas si ça compte, ça, pour un chef de rayon, mais j'imagine que oui. Lorsqu'on est arrivés à la fin de Monsieur Bricolage, elle n'a pas manqué de faire remarquer que cela faisait deux mois que je ne travaillais plus, eh oui, oui, elle avait bien compris, c'était exact.

Elle est partie alors sur mes hobbys, que j'avais marqués tout en bas de mon CV. Pour la randonnée, je n'ai pas eu l'impression que ça l'a marquée plus que ça, mais pour la poterie, elle a eu l'air très intéressée. Elle m'a dit qu'elle avait suivi des ateliers avec son mari. Je l'ai fait un peu parler là-dessus, je me suis dit que ce serait bon pour ma candidature. À la fin je n'arrivais plus à l'arrêter. Elle a terminé en me disant qu'ils allaient réfléchir, il y avait d'autres candidats, et ils voulaient trouver la bonne personne. J'ai pensé « tu parles, Charles », mais je l'ai gardé pour moi, j'ai répondu merci et à bientôt.

Voilà, c'était fini. J'ai respiré. Sur le canapé, mon conseiller Pôle Emploi me regardait, d'un air partagé entre « bravo ! Je suis sûr que ça va bien marcher » et « tu vois ! Ça n'était pas si compliqué ». Je me suis fait un petit café pour fêter ça. Il était presque midi. J'avais tout juste le temps d'enchaîner : le rendez-vous chez le vétérinaire était à treize heures.

On s'était mis d'accord la veille : Doumé devait me rejoindre directement là-bas, vu que La Poste est juste à côté. Pour transporter Tartempion, on avait dû monter tout un plan de bataille. Doumé avait regardé les cages de transport pour animal : ça coûte un bras, ces machins. Vu l'état de nos finances, on n'avait pas réfléchi trop longtemps, et on avait dit bingo pour le système D. J'étais allé demander chez le paysan d'à côté deux de ses caisses à bigarreaux. L'une sur l'autre, attachées avec des Sandows, le tour était joué.

Enfin, pas tant que ça. Hier, ça semblait une bonne idée ; aujourd'hui, beaucoup moins. Les deux caisses trônaient dans un coin du salon, Tartempion sur le canapé opposé, et chacun avait l'air si bien à sa place. Il fallait se rendre à l'évidence, le contenu ne rêvait pas follement du contenant.

J'ai mis de vieux exemplaires de *La Provence* au fond de la première caisse, pris Tartempion et l'ai posé dessus. Monsieur a fait de la résistance en essayant de s'agripper aux rebords, mais j'ai été sans pitié pour mater la rébellion. À peine la seconde caisse posée, je n'ai pas eu le temps d'accrocher les Sandows que déjà Tartempion commençait ses vocalises, pire que si on le conduisait à l'abattoir. Je lui ai gentiment dit que c'était pas la mort, qu'il y avait juste à se tenir tranquille, mais rien n'y a fait : la Castafiore avait commencé son récital. Il fallait faire avec. Je l'ai mis à l'arrière de Kangouroux, le récital a atteint des sommets, et roule ma poule, direction la clinique vétérinaire.

## 8. LE MIRACULÉ

Doumé était déjà sur place, il m'attendait dans la salle d'attente.

« C'est bon, tout s'est bien passé ? Pas de drame ? »

Je ne sais pas s'il voulait parler de mon entretien d'embauche ou de Tartempion dans la caisse. Avec un long miaulement, ce dernier s'est chargé de répondre à ma place, et tout le cabinet en a profité.

« La secrétaire vient de me dire que le vétérinaire allait nous prendre avec du retard. Apparemment, il y a une grosse urgence. »

« Elle t'a dit combien de temps on allait attendre ? »

« Non, je n'en sais pas plus. »

La Castafiore a réagi à sa façon, et tout le monde a compris que ce retard, franchement, ça n'était pas acceptable, de qui se moque-t-on. Sur une petite table, il y avait deux piles de journaux : *Auto Moto* et *30 millions d'amis*. Je me suis assis sur la chaise à côté de Doumé. Il avait pris un *Auto Moto* qui titrait « Golf vs 308 » ; je partis sur *30 millions d'amis*, numéro spécial « Nos animaux nous comprennent-ils ? ».

C'est fou, j'ai appris plein de choses que j'ignorais, mais bon ce n'est peut-être pas le meilleur des moments pour en parler. Tout à coup, une cohorte de gus est entrée dans la salle d'attente. Ils étaient cinq ou six avec une énorme cage recouverte d'une couverture, et tous avaient l'air d'avoir vu la Vierge. La secrétaire les a fait entrer dans le cabinet et a refermé la porte sur eux. Doumé m'a regardé avec des yeux « eh bien, c'était bien la peine de prendre rendez-vous, hein », mais il m'a dit à voix basse en articulant : « Ça doit être l'urgence. » Pas bête. Tartempion, qui n'avait pas les oreilles dans sa poche, a approuvé. J'ai continué pendant au moins une bonne demi-heure la lecture de mon *30 millions d'amis*, mais même en faisant durer, les meilleures choses ont une fin. Il y avait en face de moi un tableau ou quelque chose qui ressemblait à une affiche orientale. Je me suis levé pour me dégourdir les jambes et aller voir ça de plus près. C'était pas mal.

« C'est une illustration de *Shâhnâmeh*, le *Livre des Rois*, de Ferdowsi. Vous connaissez ? » a dit une voix derrière mon dos.

Je me suis retourné et oh ! impossible : c'était la copine Buitoni, celle que j'avais croisée aux rayons Pâtes le jour où je m'étais fait virer. (Il faut suivre, un peu, sinon vous allez louper des choses et il faudra recommencer depuis le début.) Elle a eu l'air aussi surprise que moi.

« Vous… Tu... Tu es devenue vétérinaire ? »

Je fouillais vaguement dans mes souvenirs du collège, dans nos cours de SVT où l'on disséquait des grenouilles, mais non, ça ne percutait pas plus que ça dans mes neurones. Et pourtant elle était bien là devant moi, en blouse et tout sourire. Doumé s'est levé et a toussoté.

« Euh je te présente mon frère Doumé, et voici Marianne, une ancienne copine du collège qui… euh… qui est donc devenue vétérinaire. »

J'avais oublié quelqu'un dans les présentations et ce quelqu'un s'est pressé de corriger le tir. Il a miaulé comme jamais, à mi-chemin entre le glapissement du renard et le brame du cerf.

« C'est la Tarasque que vous m'avez emmenée à vacciner ? dit en souriant Marianne. Allez, on va passer à côté, on va voir si la Bête est aussi méchante qu'elle en a l'air. »

Doumé m'a aidé à prendre la caisse et on a suivi la vétérinaire, enfin je veux dire Marianne.

« Et désolé pour l'attente, mais on a eu une urgence de dernière minute, c'était pour la bonne cause », a-t-elle dit en refermant la porte.

« C'était quoi l'urgence ? Si vous pouvez le dire sans trahir le secret professionnel, bien sûr », a demandé Doumé.

« Oh, il n'y a rien de secret. Vous avez dû voir passer des gens dans la salle d'attente avec une grosse cage. Eh bien ces gens sont des volontaires de la LPO, la Ligue de protection des oiseaux. Ils ont été appelés ce matin par un agriculteur qui venait de trouver en bordure de son champ un aigle de Bonelli. Il était à terre et n'arrivait pas à reprendre son envol. Ils ont réussi à l'attraper et nous l'ont apporté pour qu'on s'en occupe. »

Marianne a fait une pause, comme pour vérifier qu'on suivait. « Je viens de l'ausculter, et c'est bien ce que l'on craignait. Il s'est fait électrocuter, une ligne électrique passe le long du champ. Les rapaces se posent en haut des pylônes pour guetter leurs proies, et avec leur envergure, s'ils ont le malheur de toucher deux fils simultanément, le courant passe à travers eux. »

Elle a fait un geste de la main, de son épaule jusqu'à son pied, pour bien illustrer le passage du courant.

« Il a beaucoup de chance d'être encore en vie. Beaucoup sont plus malchanceux, on les retrouve morts au pied des pylônes, c'est une vraie hécatombe. »

« Il est à côté ? On peut le voir ? » a demandé Doumé.

« Non, non, il est loin d'être sorti d'affaire. En passant à travers lui, le courant abîme ou brûle beaucoup de tissus. Il y a le risque que cela parte en nécrose, voire en gangrène, et alors là c'est fini pour lui. On l'a gavé d'antibiotiques, et maintenant il lui faut du repos. »

Elle en a rajouté une couche, comme pour se faire pardonner de nous priver du droit de visite :

« Ses chances sont maigres, on ne peut pas se permettre de le déranger. C'est une espèce en voie de disparition. La situation des rapaces dans le massif du Luberon ne doit pas être prise à la légère, vous savez : le mois dernier, un circaète Jean-le-Blanc a été braconné au pied des falaises de Lioux, sans doute par un chasseur mécontent. On l'a retrouvé truffé de plomb. »

Un silence a envahi le cabinet ; même la Castafiore dans sa caisse n'osait plus moufter.

« Mais bon on va tout faire pour qu'il s'en sorte ! Allez, sortez la Tarasque de sa tanière, on va procéder à un check-up complet ! »

On a enlevé les Sandows, puis la caisse du dessus, et la tête de Tartempion est apparue, tout étonné de se retrouver sur le devant de la scène. Marianne a commencé à compulser ses notes : « Bon, alors pour le changement de propriétaire, ma secrétaire s'en est déjà occupée, tout est OK. On va le peser et… »

Je me suis mis à mieux respirer. Même si ça s'était bien passé avec Jésus-Christ, il y avait toujours le risque qu'il revienne sur sa décision, ou refuse au dernier moment de dire oui.

Tout le reste est passé comme une lettre à la poste. Un peu maigre, il faut continuer à le remplumer. Les vaccins, pif paf poum, il a eu droit à la totale. En moins de temps qu'il ne faut pour le dire, on s'est retrouvés tous les trois sur le parking.

« Punaise, ta Marianne, elle en envoie. Pour elle je veux bien attraper la rage », m'a dit Doumé avec un grand sourire.

La Castafiore a répondu à ma place.

## 9. LE CONSEILLER DU CŒUR

Aujourd'hui aurait dû être un dimanche comme les autres. Du lundi au vendredi, Doumé continuait de me réveiller à 7 h 55. Samedi et dimanche sont les seuls jours où il m'autorisait le petit luxe de la grasse matinée, et encore, pas tout à fait. Ce matin, il était parti à la chasse de bonne heure, je les avais entendus se lever, lui et ses bottes qui feraient tomber du lit un régiment. Et quand je dis « partir à la chasse », c'est une vue de l'esprit. Une vision plus réaliste serait : « Refaire le monde avec la moitié de ses potes et une bouteille de vin en attendant qu'un pauvre sanglier soit rabattu par l'autre moitié. »

À l'autre bout du matelas, Tartempion me regardait, d'un air de dire : « Ah ça y est, tu es debout. Pas trop tôt. Allez ouste, croquettes. » Eh oui, Môssieur a désormais le droit de ne plus être foutu dehors après le dîner et de dormir sur la couette. Vacciné et traité contre les puces : pourquoi se priver des bonnes choses ?

Je me levai, direction la machine à café. Le thermostat de l'appareil avait gardé au chaud celui qu'avait préparé Doumé avant de partir. Je m'en versai un gros mug et allai m'affaler sur le canapé. Un ventre à quatre pattes prit la pose devant le placard à croquettes et miaula, comme pour signaler son désaccord.

« T'as cinq minutes, coco ? » lui demandai-je pour la forme.

En face du canapé, à côté de la cheminée, la crèche finissait elle aussi sa grasse matinée. Elle s'acclimatait à son nouvel environnement : je l'avais faite hier après-midi. Doumé était allé chercher la mousse il y a quinze jours, et Tartempion m'avait regardé sortir chaque santon de son écrin de papier journal avec de grands yeux. Il avait passé la soirée à les renifler, jaugeant ces intrus qui s'en prenaient à son territoire.

À vrai dire, je n'étais pas mécontent du résultat. Chaque année, c'est tout de même un sacré dilemme : comment être un minimum original quand les personnages sont imposés, tout comme les décors ? Eh bien justement, j'avais réussi à changer du tout au tout. Une petite rivière en papier d'aluminium partait de la grotte au milieu de collines en mousse et transformait la Palestine en Terre du Milieu version *Seigneur des Anneaux*.

Mais un détail me fit tiquer ce matin, j'en aurais presque renversé ma tasse de café. Le veilleur de nuit était la tête la première dans le ruisseau d'aluminium. Hier soir encore, il allait très bien, un vrai Frodon avec sa lanterne, et ce matin, patatras, le voilà Gollum en train de chasser du poisson avec ses dents. Je me levai pour mener une inspection en bonne et due forme : pas d'erreur, mon veilleur de nuit s'était cassé les deux jambes pendant la nuit. Ça arrive lorsque la mousse n'est pas complètement sèche : son humidité passe à l'argile du santon et badaboum, vous vous retrouvez avec une épidémie de culs-de-jatte.

Tartempion avait délaissé le placard à croquettes et me regardait avec un air d'enfant de chœur : « Pour une fois, ce n'est pas moi. » Je parcourus des yeux la Terre du Milieu à la recherche d'autres unijambistes. Bingo, je l'aurais parié : le postier et le fauconnier s'étaient eux aussi pris un billet de parterre. L'employé des PTT était de surcroît tombé la tête la première contre un rocher, et avait reçu au passage un lifting façon Crash Dummies. Quant au fauconnier, son bras levé avait imité le fulguropoing de Goldorak et trônait désormais à quelques centimètres de son propriétaire. Victime collatérale, le faucon avait perdu une aile et son bec était également bien amoché.

Je rouspétai : tous ces santons provenaient de ma mère, et pour certains même de mes grands-parents. Tout ça à cause d'une mousse pas bien sèche. Je saisis délicatement les éclopés et les posai à l'écart sur le buffet. Je ne pouvais me résoudre à les jeter, et pourtant, il n'y avait plus grand-chose d'autre à faire.

J'en étais là de mes considérations lorsque mon téléphone se mit à sonner. À l'écran s'affichait un numéro de portable que je ne connaissais pas. Dans ces cas-là, je ne réponds jamais : bien souvent, c'est un enquiquineur qui vous dit que vous avez gagné un voyage en Tunisie à la condition d'acheter un frigidaire.

À peine avais-je reposé le téléphone qu'il se remit à sonner. Le même numéro rappelait. Pas moyen d'être tranquille. Il y eut encore cinq ou six sonneries et puis, plus rien. Je regardai l'écran de mon téléphone : l'enquiquineur en chef allait-il abandonner ou allait-il en remettre une troisième couche ?

Un message apparut : l'enquiquineur avait laissé un message sur mon répondeur. Je tapai 123 et me mis à écouter :

> *Oui bonjour c'est Marianne. J'ai bien eu ton invitation à dîner. Eh bien écoute ça me ferait très plaisir également. Euh voilà alors rappelle-moi pour qu'on se mette d'accord. Je te dis à bientôt.*

Dois-je vraiment vous dire que bien sûr je ne l'avais jamais invitée à dîner ? J'ai tout de suite appelé Doumé : à onze heures, il devait être encore un minimum à jeun et le sanglier toujours en train de courir, j'avais des chances de l'avoir.

« Oui, allô ? »

« T'as quelque chose à confesser peut-être ? »

« Euh... non, pourquoi ? »

« Te fais pas plus con que tu es. Marianne, et l'invitation à dîner. Ça va pas la tête ? Comment t'as eu son numéro ? Comment tu t'y es pris pour te faire passer pour moi ? »

En même temps, ça n'était pas la première fois qu'il me faisait le coup. Je dirais même que c'en devenait une habitude : après la coiffeuse, la vendeuse de légumes, dans la famille des coups foireux à la Doumé, je demande la vétérinaire.

« Oh, arrête de faire ton timide, va, c'était clair comme de l'eau de roche. Vous arrêtiez pas de vous dévorer des yeux il y a quinze jours. Même Tartempion est d'accord là-dessus. »

De rage, j'ai raccroché et l'ai laissé à ce pauvre sanglier. Tartempion me regardait droit dans les yeux, d'un air inquisiteur. Son miaulement m'a fait comprendre que le conseiller Pôle Emploi se transformait en conseiller du cœur.

« T'as fini de faire ton difficile ? Allez ouste, tu l'appelles, vous vous mettez d'accord sur le resto, et on n'en parle plus. »

Je vous vois en train de sourire, vous et votre bouquin entre les mains. Je vous répondrais, à vous, à Doumé et à Tartempion, que je ferai mon difficile si j'en ai envie. Ce genre de plan, c'est du foireux assuré. Ça s'était passé comme ça avec la coiffeuse, et pareil avec la vendeuse de légumes : le dîner commence, je regarde mes pieds, je ne dis rien de rien, et au final la pauvre fille compte les minutes en se demandant comment elle a pu tomber sur un tel cas social.

Tartempion a miaulé. Je lui ai répondu que non, c'était décidé, une bonne fois pour toutes : la vétérinaire pouvait aller fourguer ses vaccins ailleurs. Terminé, on n'en parle plus.

## 10. L'ASOCIAL

J'étais parti un petit peu en avance, histoire d'être sûr de ne pas arriver en retard. Résultat des courses, j'étais seul à table. À chacun de ses passages, le serveur me regardait. « Le gros benêt, il va se prendre un lapin dans la vue, je te dis que ça », devait-il expliquer au cuistot à chacun de ses retours en cuisine.

Je vous vois à nouveau en train de sourire, bien caché derrière votre marque-page : « Il a craqué, il a rappelé Marianne. » Et vous n'auriez pas tort : oui, j'avais craqué. Une pression savamment appliquée à tour de rôle par Tartempion et Doumé avait eu raison de mes états d'âme. On s'était mis d'accord pour ce soir, vingt heures, à la crêperie de la rue des Marchands.

Marianne est arrivée avec dix minutes de retard : elle s'est excusée, en disant qu'un client s'était éternisé à la clinique. Je suspecte que c'était de la façade, mais bon elle s'est assise, on a commandé, et la discussion a débuté.

Il serait plus exact de dire qu'elle a commencé à discuter. Parce que, évidemment, comme prévu, j'ai bloqué. Marianne essayait de faire la conversation ; je répondais par oui ou par non, et ça s'arrêtait là. Sa crêpe provençale et ma scandinave sont arrivées. Marianne m'a demandé des nouvelles de Tartempion : il allait bien, le bougre, oui. Trente nouvelles secondes d'intermède. La pauvre, elle a fait tout ce qu'elle a pu, elle a cherché d'autres pistes à explorer : elle a abordé ce qu'on avait fait depuis le collège. Sujet tabou, sujet que je cherchais à éviter par-dessus tout, puisque je n'avais rien fait d'intéressant depuis. Je me suis crispé. Elle a bien compris qu'il ne valait mieux pas continuer sur ce terrain. Elle m'a parlé d'elle : des études de vétérinaire à Marseille, un premier mariage qui n'avait pas marché, ses parents qui se faisaient vieux, le retour au pays.

Il y a eu un nouveau blanc. J'avais pourtant révisé, avec Tartempion on avait bossé : questions, réponses, tout était prêt. Mais lorsque le sujet est tombé, poum, plus rien ne voulait sortir. Pire qu'à l'oral du bac. Le serveur est arrivé, a débarrassé nos assiettes et nous a demandé si nous voulions des desserts. Je pense que Marianne mourait d'envie de dire non, mais elle n'a pas osé me faire l'affront, m'a regardé avec de grands yeux et au final a répondu oui.

Bien lui en a pris. C'est au moment où ma Jamaïcaine et sa Suzette sont arrivées qu'un miracle s'est produit. Je ne sais pas d'où cet éclair de génie est venu, mais j'ai enfin réussi à lui poser une question.

« Et l'aigle, comment il va ? »

Je vous l'accorde, c'était une question que j'avais préparée avec Tartempion. On l'avait révisée, j'étais même allé sur la page Wikipédia de l'aigle de Bonelli. Marianne a eu un sourire qui lui est monté jusqu'aux oreilles.

« Eh bien, écoute, ce n'est pas un aigle, mais une aigle. Et elle va mieux. Elle était baguée, et donc on a pu en savoir un peu plus sur elle. Ça te va si on fait moitié-moitié entre ma Suzette et ta Jamaïcaine ? »

Ça me gênait un peu, parce que ma Jamaïcaine était super bonne, et que j'avais un peu l'impression de me faire avoir avec sa moitié de Suzette rabougrie. Mais bon, j'ai répondu que non, ça ne me gênait pas du tout, bien au contraire, tu plaisantes.

« Donc notre aigle est une demoiselle, qui s'appelle Andromeda. Elle nous vient d'Espagne. Elle est encore toute jeunotte, puisqu'elle n'a que huit mois. Elle a quitté les Asturies il y a trois mois environ et se balade depuis. »

« Punaise, elle vient de loin. Comment tu sais tout ça sur elle ? »

« Eh bien, comme je te l'ai dit, Andromeda est baguée, ce qui nous a permis de l'identifier, de savoir où elle a été lâchée, tout ce genre de trucs. Et cerise sur le gâteau, elle était porteuse d'une balise GPS, ce qui nous a permis de retracer son petit périple. »

J'avais fini ma moitié de Jamaïcaine, elle sa moitié de Suzette, on a échangé les assiettes.

« Et on sait si elle a l'habitude de se poser sur les pylônes électriques ? Ça serait dommage qu'elle recommence. »

« Elle est jeune, les immatures font beaucoup ce genre d'erreur. Ils se posent sur les lignes à haute tension, et là c'est le carnage, il n'y a pas grand-chose à faire. Andromeda a eu du bol que cet agriculteur la trouve à terre et contacte le réseau LPO. D'autres ont moins de chance. »

La Jamaïcaine et la Suzette vivaient leurs derniers instants.

« Mais il ne faut pas croire qu'elle est tirée d'affaire, loin de là. Elle est toujours au régime sec antibiotiques et fortifiants. Ses tissus ont l'air de cicatriser. On lui donne encore trois semaines pour se remettre doucement, on verra où on en est alors. »

Je me suis remis à regarder mes pieds sous la table. Le serveur est arrivé, et s'est posée la question de l'addition. Celle-là, je l'avais négociée avec Doumé. On s'était mis d'accord sur quatre jours de pâtes au beurre pour que, grand prince, je puisse imposer vaillamment de payer la note.

Marianne s'est bien défendue, à coups de « non, non, c'est pour moi » et de « non, mais tu plaisantes », et à la fin, j'ai triomphé. C'était parti pour quatre jours de coquillettes.

On a remonté la grand-rue en silence jusqu'au cours Lauze-de-Perret : nos deux voitures y étaient garées. Ça caillait un max. On s'est dit à bientôt, c'était sympa de se revoir.

Je vous vois venir avec vos gros sabots. Et alors, qu'est-ce qui s'est passé après ? Oh, je peux bien vous le dire, Doumé et Tartempion m'ont harcelé cent fois eux aussi, jusqu'à ce que je leur réponde.

Eh bien, après, elle est montée dans sa voiture et moi dans Kangouroux. Et puis voilà, rien de plus.

## 11. LE CHIRURGIEN

Le mail est arrivé dans ma boîte de réception. Comme ça, sans crier gare. Il y en a que vous voyez venir, et de loin en plus : votre profil qui ne correspond pas vraiment à l'offre, un mauvais contact pendant l'entretien, etc. Et il y en a, comme celui-là, qui sont de vrais coups de poignard dans le dos. Une semaine avant Noël, il n'y a pas de justice en ce bas monde. Vous vous êtes mis à y croire, comme ça, petit à petit : l'intitulé du poste vous a cogné dans l'œil, vous pensez que vous avez fait bonne impression au moment de l'entretien. En plus, il y a tout un tas de petits signes qui se sont greffés dessus, et qui font que cette fois, oui, ça a l'air d'être la bonne : Tartempion qui m'avait coaché un peu plus qu'à l'habitude ; la recruteuse qui avait suivi des cours de poterie avec son mari ; le fait que l'entretien téléphonique avait eu lieu le jour où nous étions allés chez Marianne…

Et patatras. Le baratin habituel, plus hypocrite tu meurs. Après l'étude attentive de mon dossier et malgré tout l'intérêt qu'il présente, ils étaient eux aussi au regret de ne pas pouvoir lui réserver une suite favorable. Mais ils me souhaitaient une parfaite réussite dans mes recherches et étaient convaincus que je trouverais des responsabilités conformes à mes aspirations. Et, bien sûr, ils me remerciaient de l'intérêt porté à leur société, et me priaient de croire, monsieur, en l'assurance de leurs sentiments les meilleurs.

C'est le genre de réponse bateau que vous avez appris à avaler cul sec. Mais lorsque vous avez commencé à y croire, à espérer, même pour un job loin d'être celui de vos rêves, je peux vous dire que ça a le don de foutre votre journée en l'air.

C'était donc officiel : j'avais une vie de merde. Même pour le pire des boulots, on ne voulait pas de moi. Marianne n'avait jamais rappelé, et ce n'était pas demain la veille qu'elle allait le faire : l'autiste incapable de sortir plus de deux mots pendant tout le repas, merci bien. Au moins, toute cette histoire avait eu le mérite d'apprendre à Doumé à s'occuper de ses affaires et à moi à ne pas l'écouter.

Je me suis levé et suis allé me faire un café. Je me suis dit que ça allait me requinquer. Mon conseiller Pôle Emploi est venu se frotter contre mes jambes. Je l'ai pris dans mes bras, comme un bébé, au creux du coude : un peu de douceur dans ce monde de brutes. Il a miaulé et s'est mis à ronronner. La cafetière a sifflé la fin de la partie, et je l'ai posé sur la chaise du salon. D'habitude, il retourne illico devant le placard à croquettes, mais pas cette fois-ci. Il regardait fixement un point dans la pièce, comme s'il avait vu le démon.

Par réflexe, j'ai regardé là où ses yeux pointaient. Mon conseiller Pôle Emploi regardait vers le dessus du buffet, où trônaient mes santons culs-de-jatte et autres éplorés. Je les avais complètement oubliés, ces coucous-là. Je suis allé vers le buffet. Cela me faisait mal au cœur, mais il était temps de mettre à la poubelle cette cour des miracles. Au moment de saisir ce pauvre veilleur de nuit, Tartempion s'est mis dans mes jambes et a miaulé encore une fois. « Et pourquoi est-ce que tu n'essaierais pas de t'occuper d'eux aujourd'hui ? Tu n'as rien d'autre à faire, après tout. »

Ça n'était pas faux. J'avais gardé dans un coin du garage deux-trois étagères dédiées aux outils de poterie que j'avais reçus pour des Noëls ou des anniversaires. Je me suis avachi sur le canapé. J'avais bien pratiqué en amateur pendant des années, mais quelle était la bonne manière pour réparer un santon ? Ça ne devait pas être si compliqué. J'ai pris mon téléphone et suis allé sur YouTube. J'y ai trouvé une multitude de tutoriels postés par des passionnés. Je me suis décidé pour la vidéo d'un brave monsieur, qui vous expliquait comment procéder pour créer un joueur de boules. Tout avait l'air d'y être : la posture, les bras de chemise, et même le petit chapeau. Tartempion est monté sur mon ventre : lui aussi ne demandait qu'à apprendre.

Et ça s'est vite confirmé : ça n'était pas si compliqué que ça. Attention, ne me faites pas dire ce que je n'ai pas dit : je n'ai pas affirmé non plus que c'était fastoche. Simplement qu'avec un peu de temps et de patience, cela n'avait pas l'air impossible. Du haut de mon ventre, le sphinx me regardait d'un air de dire : « Qu'est-ce que tu as à perdre, de toute façon ? Pour ces culs-de-jatte, c'est ça ou la poubelle. »

Je me levai d'un coup, direction le garage. Je posai sur mon petit établi mes Gueules Cassées et regardai ce que j'avais en stock. Il me restait un bon kilo d'argile autodurcissante, triste reliquat d'un stock pour un vase qui n'avait jamais vu le jour, quand j'avais fini par abandonner. J'avais également en réserve deux-trois ébauchoirs, et pareil pour des mirettes. Par rapport à tout l'attirail que demandait le tutoriel, il ne me manquait plus que le scalpel, je n'en retrouvai plus. Je me dis qu'un couteau pointu ferait l'affaire.

« Un couteau Swakopmund d'Ikea… heureusement que tu te fais potier et pas chirurgien », ironisa Tartempion du haut de la tondeuse à gazon. Il m'avait suivi, il ne voulait rien manquer du spectacle.

« Allez, qui veut passer en premier ? » demandai-je du regard aux patients de ma nouvelle salle d'attente, j'ai nommé l'établi.

Le veilleur de nuit, le fauconnier et le postier se regardaient en chiens de faïence, aucun ne semblait pressé de monter sur le billard.

« Vous d'abord, vos blessures sont plus graves », disait le fauconnier manchot à ses compères.

« Argrgrgaarrghh », répondait le postier au visage en vrac. Je tendis l'oreille : « Oh moi je me suis juste fait démonter la gueule, dans un rien de temps je serai sur pied. » Comme le tutoriel expliquait que le plus difficile à faire dans les santons, c'est justement le visage, je n'ai pas insisté.

Le veilleur de nuit me regarda avec des yeux effarés : il avait compris qu'il allait passer le premier. « Allez, dormez, braves gens », dis-je en le prenant et en le mettant sous anesthésie.

Je l'auscultai avec un œil de professionnel. C'était du sérieux, la cassure était pile au-dessus des deux genoux. Il fallait greffer, plâtrer, remplacer. Je découpai au fil d'acier une petite tranche dans mon bloc d'argile. Je la fis rouler un bon moment entre mes mains, jusqu'à obtenir un petit boudin. C'était agréable de ressentir le contact de la terre : ça apaise, ça fait du bien. Ça fait oublier à quel point c'est le foutoir là dehors, dans le monde et dans votre vie.

Je posai le boudin bien à plat sur l'établi et mis en parallèle mon veilleur de nuit. C'était un santon d'environ huit centimètres ; il fallait que les jambes fassent presque cinq centimètres. Je découpais avec le couteau deux bouts de boudin de trois centimètres environ. Au jugé, en les juxtaposant aux moignons de mon cul-de-jatte, ça avait l'air de faire l'affaire.

Je pris de l'argile qui restait et en fis une deuxième boule en la roulant contre l'établi. C'était trop risqué de vouloir faire tenir ce veilleur de nuit sur ses deux pieds : étant donné mon manque d'expérience, il y avait toutes les chances qu'il finisse bancal ou qu'il se prenne pour un Culbuto. Mieux valait lui donner une base. Du plat de la main, j'aplatis bien la boule et y posai à la verticale mes deux boudins : et voilà, mon socle était fait.

Je mis dans un bol un peu de colle liquide. Je taillai au couteau Swakopmund dans l'extrémité du boudin : il fallait que ça s'assemble sans accroc avec le corps du veilleur de nuit. Un petit plongeon dans la colle et hop ! Coup sur coup, je réalisai la première mondiale d'une double greffe de jambes.

Je pris un peu de recul pour juger du résultat. Mon premier patient, toujours allongé, sortait d'anesthésie et me disait « docteur, ça n'est pas fameux ». Il y avait en effet un problème de proportions : mon veilleur de nuit avait des jambes de sumo. Je pris la mirette et lui enlevai ces kilos supplémentaires. Une vraie liposuccion.

Je mis le santon à la verticale et le lâchai prudemment. Il tenait sur ses deux jambes. Je respirai : il n'y a pas de petite victoire. Néanmoins, il gardait une drôle de posture, un peu comme si, usé par toutes ces années, une sciatique du tonnerre le pliait en deux. Debout là-dedans ! Je redressai la barre à coups d'ébauchoir : un peu de pression en dessous du buste, histoire de le faire regarder la vie en face. Un peu de flexion au niveau des genoux pour lui faire perdre cette raideur, et diminuer ses rhumatismes.

Tartempion monta sur l'établi afin d'inspecter le tout. Il miaula de nouveau, et pour une fois j'étais bien d'accord avec lui : tout n'était pas encore parfait, mais cette cure avait fait le plus grand bien à mon veilleur de nuit. J'ajoutai avec mon couteau quelques plis de pantalon, deux petits blocs pour faire le bout des pieds et voilà : il n'y avait plus qu'à laisser sécher, et revenir dans une semaine pour la peinture.

Pour le postier, ce fut encore plus rapide, non pas que ce soit plus facile, mais plutôt parce que j'avais pris un peu confiance en moi. Je saisis une nouvelle boule d'argile, que j'aplatis entre le pouce et l'index. J'appliquai un peu de colle là où il fallait réparer le visage, et hop ! le greffon fut accepté par le receveur.

Une petite pincée avec les deux doigts fit le nez. Je creusai à la mirette les yeux et la bouche : il fallait, avec un minimum de saillies, donner un maximum d'expression, cela restait assez costaud. Je lui fis de grands yeux, bien ouverts, et pareil pour la bouche : un beau trait horizontal, qui se posait là. J'avais envie d'un postier qui ait des choses à dire, un responsable CGT qui s'exprime sur la dégradation du service public. Dans un dernier effort, j'accentuai le menton, au risque d'en faire un Benito Mussolini.

Le résultat n'était pas une franche réussite : ce santon sentait toujours la Gueule Cassée à plein nez, un mélange de lifting et de bagarre le samedi soir. Tartempion me regarda d'un air désolé : « Que veux-tu, on ne peut pas gagner à tous les coups. »

Avec le troisième larron, il fallait finir en beauté. Pour le bras, je repartis sur la technique du petit boudin d'argile, mais je décidai d'une légère variation par rapport à la version originale. Ce fauconnier portait ce rapace comme un sac à main, ça manquait de brio. Je décidai de changer la posture, le mouvement : il fallait que ce soit désormais une statue de la Liberté, qui lève le bras bien haut.

Je mis une petite couche de colle et donnai du mouvement à mon boudin d'argile : le bras ne portait plus l'oiseau pour le montrer en foire, mais bien pour lui faire prendre son envol. L'avant-bras devait donc partir à la verticale. Ce ne fut pas facile pour trouver le bon angle, la bonne posture : je dus m'y reprendre à plusieurs fois, à coups de pression et d'ébauchoir. La main m'a aussi donné du fil à retordre : il fallait que le petit embout au pied du faucon puisse s'y insérer. Je glissai une allumette dans ce poing tendu vers le ciel, lui fis faire plusieurs tours sur elle-même avant de la dégager, délicatement. Au jugé, ça serait suffisant pour y glisser l'appendice lorsque le bras serait bien sec.

Pour l'oiseau, ce fut à la fois plus simple et plus compliqué. La cassure au niveau du bec fut réparée en une petite minute : un cône d'argile un peu tordu, et le tour était joué. Avec un peu de peinture, une fois sec, on n'y verrait que du feu. Pour l'aile, c'était plus costaud : allez faire un faucon qui prend son envol, et vous comprendrez. Je pris un peu d'argile et l'aplatis, comme une fine lame, évasée sur les côtés et pointue au bout. Je la striai au couteau : des traits fins pour faire les plumes. Avant de la coller au santon, j'entendis Tartempion dire dans mon dos : « C'est toujours le même problème, tu n'as pas le coup de main pour le mouvement. Avec une aile pareille, ton piaf a toutes les chances de voler de travers et de se retrouver entre mes griffes. » Il n'avait pas complètement tort. Je pris un ébauchoir et donnai lentement un certain angle, une certaine voilure à l'aile. C'était mieux. Pas sûr qu'il puisse traverser la Méditerranée avec, mais pour un petit vol d'inauguration, ça ferait l'affaire.

Voilà, c'était fini. Mes trois patients se regardaient ; ils étaient encore un peu vaseux, mais ma foi ils avaient retrouvé une certaine allure. Mon inspecteur félin des travaux finis quitta l'établi pour remonter sur la tondeuse à gazon.

« Alors, qu'est-ce que tu en penses ? » lui demandai-je.

Il me regarda, cligna des yeux et, pour une fois, ne répondit rien.

## 12. LE BÉNÉVOLE

Encore un SMS que je n'avais pas vu venir. J'étais en train de postuler à une énième annonce quand un bip s'est fait entendre. J'ai pris le téléphone dans ma poche, pensant que Doumé m'envoyait la liste des courses du jour. Tout faux.

> BONJOUR J ESPERE QUE TU ES BIEN RENTRE
> ET QUE TU VAS BIEN - C ETAIT SYMPA L AUTRE
> SOIR ET JE ME DEMANDAIS SI ÇA TE DIRAIT DE
> VENIR M AIDER CE DIMANCHE APRES MIDI A LA
> CLINIQUE ? Y A UN TRUC PLUTOT COOL QU ON
> POURRAIT FAIRE ENSEMBLE ! DIS-MOI ! MARJAN

Les bras m'en sont tombés. Je croyais ma performance à la crêperie si catastrophique que j'en cauchemardais à l'idée de la recroiser dans la rue. Chaque fois que j'allais en ville, mon radar était en alerte rouge, prêt à changer de trottoir à la seconde. Elle avait dû se tromper de destinataire. Ou alors ça faisait partie de ses bonnes résolutions pour la nouvelle année. Apparemment, il restait un dieu de la charité pour les asociaux.

Ce SMS m'apprit également qu'elle s'appelait en fait *Marjan*, et non *Marianne*. Je me suis souvenu que, lorsque l'on s'était connus au collège, ses parents avaient fui le Liban à cause de la guerre.

Surtout ne pas répondre tout de suite. Ça aurait trop trahi que je n'avais rien à faire de mes journées. Avoir un minimum de classe, sauver les apparences et attendre une heure, genre « je suis super occupé, mais va, tu me fais peine, je trouve un petit moment pour t'écrire ».

Après, il fallait trouver quoi répondre. Plus facile à dire qu'à faire. À peine je commençais à tapoter un début de phrase que le spectre du gars qui n'arrive pas à décrocher un mot refaisait surface et me faisait un gentil coucou : « T'inquiète, je serai en forme dimanche après-midi. » Après bien des brouillons, je me suis mis d'accord avec Tartempion pour un classique et sobre :

> OUI VOLONTIERS POUR DIMANCHE
> OK POUR QUATORZE HEURES ?

*

Dimanche était arrivé, je venais de garer Kangouroux sur le parking de la clinique et je ne faisais pas le fier. Je me demandais tout à coup ce qui m'attendait à l'intérieur, pourquoi Marjan avait besoin de moi. Ça sentait le traquenard à plein nez. J'ai sonné, et quelques secondes plus tard, Marjan a passé la tête par la porte.

« Salut ! Je suis super contente que tu aies pu venir. Viens, je vais te présenter aux autres. »

Les autres ? Elle s'était bien gardée de m'en parler. Je le savais : un traquenard. En la suivant, je me suis dit que finalement ce n'était pas plus mal : dans un groupe, un loustic qui n'arrive pas à décrocher un mot a plus de chance de se fondre dans la masse. On est passés dans le cabinet, puis dans la réserve, où deux femmes nous attendaient.

« Je te présente Lauriane et Bénédicte, qui sont toutes deux volontaires à la LPO. On a besoin d'aide pour relâcher Andromeda. »

Voilà donc toute l'affaire. Ma foi, entre ça et un tête-à-tête à regarder mes pieds pour essayer de trouver quelque chose à dire, je m'en sortais plutôt bien.

« Notre petite Andromeda s'est assez bien rétablie de sa séance d'électrochocs, elle est de nouveau sur pied. Elle vient de manquer la période d'accouplement, mais qui sait, dans un an elle prendra peut-être sa revanche. Elle a passé deux mois en volière et, là, on croit qu'elle est prête à reprendre son envol. »

Marjan a ajouté dans un sourire :

« On essaie toujours d'inviter quelqu'un qui ne fait pas partie de l'association pour les lâchers, ce sont de beaux moments et ça permet de sensibiliser à notre cause. »

Au centre de la pièce trônait une énorme cage, on ne pouvait pas voir l'intérieur. Chacun chuchotait ou parlait à voix basse : il ne fallait pas déranger l'oiseau.

« Tu la verras une fois que l'on sera sur le site du lâcher, pas la peine de la stresser plus qu'elle ne l'est déjà. Pour l'heure, on va charger la cage à l'arrière de la voiture de Lauriane : on va s'y mettre tous les quatre, et tout doucement, en évitant de la déstabiliser. »

C'était volumineux, mais ça ne pesait pas bien lourd : ce fut l'affaire de deux minutes.

« Bon, le site du lâcher est dans la Forêt des Cèdres, on y va à deux voitures, je laisse la mienne ici. Lauriane et Bénédicte passent devant et nous, on suit. »

Marjan est donc montée avec moi dans Kangouroux. La Forêt des Cèdres, ce n'est pas bien loin, mais pas à côté non plus. Aïe, aïe, aïe, me suis-je dit, il va falloir meubler pendant les quinze minutes de trajet.

« Pourquoi vous avez choisi la Forêt des Cèdres pour la relâcher ? Vous pensez que ce sera son futur territoire ? »

Pas mal, pour un début, à la fois spontané et intéressé, sans être banal.

« Non, c'est pas ça. Comme son nom ne l'indique pas, la Forêt des Cèdres comporte pas mal de petites falaises, des endroits bien dégagés, avec beaucoup d'horizons et peu de végétation. C'est exactement de ça dont nous avons besoin quand on relâche un rapace : il faut du vide en face pour qu'il puisse s'envoler. »

Elle n'a rien dit pendant un moment, puis a ajouté :

« Et puis là où on va, il n'y a jamais personne. C'est calme, c'est désert. Et avec l'odeur des cèdres, on respire à pleins poumons, ça me fait du bien, ça me rappelle le Liban. »

J'aurais bien aimé lui en demander un peu plus sur le pays où elle était née, si elle avait beaucoup de souvenirs de là-bas, si elle y retournait des fois, mais au final je n'ai pas osé. On ne se réinvente pas comme ça. J'ai continué à conduire en silence, je regardais la route et elle le paysage. On est arrivés, les deux autres nous attendaient.

« Bon, il y a deux manières pour relâcher un oiseau. La première, c'est de sortir la cage, la poser par terre, tout le monde s'en écarte et l'un d'entre nous ouvre la porte. En général, l'oiseau en profite pour sortir et s'envole. Il y a néanmoins un risque que l'oiseau reste prostré au fond de sa cage et refuse de prendre son envol. Ça arrive lorsque le rapace a reçu un gros traumatisme. Comme Andromeda s'est tout de même pris un choc assez costaud, on va plutôt choisir l'autre méthode, celle du lâcher. On prend l'oiseau par les pattes, on le maintient entre les bras, on se positionne face au ciel et on le jette en l'air. Littéralement. Par réflexe, l'oiseau se remet à voler, et… Et voilà. On va partir là-dessus. »

Les deux volontaires LPO n'ont pas bronché : elles devaient connaître tout cela sur le bout des doigts. Moi, ça m'a semblé tout de même assez sportif, mais comme personne ne me demandait rien, je n'ai rien dit. Marjan a soulevé la couverture et entrouvert la porte de la cage. L'aigle était au fond. Elle avait un petit chaperon sur la tête qui recouvrait ses yeux. Elle ne voyait rien, mais fit un mouvement de tête dans notre direction, inquiète.

« On lui recouvre la tête pendant le trajet pour éviter qu'elle stresse trop. Bon, là, c'est l'étape la plus pêchue : il faut l'extraire de sa cage, la prendre par les pattes en faisant très attention à éviter ses serres, parce que sinon c'est un aller direct pour l'hôpital. »

« Tu ne prends pas de gants ? » lui ai-je demandé.

« On perd en dextérité. Pour un lâcher, il faut faire corps avec l'oiseau. »

Marjan a plongé les bras dans la cage, et Andromeda s'est débattue. Débattue n'est pas le mot exact : disons qu'elle a agité ses ailes, elle ne voulait pas se laisser faire. Ça a été un peu confus : j'aurais été incapable de faire ce qu'a fait Marjan, ça se sentait qu'elle avait le coup de main. Au bout d'une minute, elle s'est retournée, avec Andromeda bien coincée dans le creux des bras, les deux mains agrippées autour de ses deux pattes.

Andromeda était impressionnante. Sur Internet j'avais regardé des photos d'aigles de Bonelli après en avoir discuté avec Marjan, mais là ça sautait aux yeux : cet oiseau était vraiment magnifique. Elle avait un poitrail blanc avec de fines larmes de brun : on aurait dit un corset de lingerie, un bustier d'une robe Empire. Même avec son histoire d'électrocution, son chaperon sur les yeux, coincée entre les bras de Marjan, même comme ça, elle en imposait. Un air de noblesse malgré son statut de prisonnière. Une reine qui avait perdu son trône et qui vous faisait pourtant baisser la tête en fronçant un sourcil.

« Tu vois, le bec grand ouvert et le bout de la langue qui en sort, ça veut dire qu'elle est très stressée », m'a expliqué Marjan.

Elle a continué :

« Je vais te la passer. Rappelle-toi, n'approche pas tes mains autour de ses serres, sinon tu vas direct à l'hôpital. Tu la prends par les pattes, juste par les pattes. »

J'ai balbutié quelques mots inaudibles. Je n'avais pas compris que ce serait à moi de faire le lâcher. C'était une très mauvaise idée : comme d'habitude, j'allais tout faire foirer. Mais Marjan ne m'a guère laissé le choix : en moins de temps qu'il ne faut pour le dire, et sans trop savoir comment, je me suis retrouvé avec Andromeda entre mes bras et mon torse, avec mes mains sur ses pattes. Je ne sais pas qui avait le plus peur, elle ou moi. Il n'y avait pas un bruit, rien à part un silence qui écrasait tout, sauf un son de grosse caisse dans ma tête qui n'arrêtait pas. C'était mon sang qui tapait contre mes tempes. J'ai regardé Andromeda entre mes bras, là, immobile et alerte au moindre bruit et j'ai cherché à me calmer, difficilement.

Ça procurait un sentiment étrange : c'était un oiseau qui en imposait par son envergure, sa taille, et donc vous n'aviez pas envie de le prendre à la légère. Le sentiment d'une certaine respectabilité, voire de noblesse. Mais c'était en même temps un poids plume, littéralement, qui ne pesait presque rien, si fragile que vous aviez peur de le casser ou de le broyer. Très lourd, et très léger à la fois, je ne sais pas mieux vous l'expliquer.

« On va lui enlever le chaperon », a murmuré Marjan.

Deux yeux immenses sont apparus, des billes noires cerclées de jaune qui scrutaient au plus profond de vous. C'était impressionnant. Ils s'enfonçaient dans votre regard, vous n'aviez plus rien à cacher. Et inversement, vous pouviez plonger en eux, vous ressentiez une fierté implacable, mais aussi toute la peur d'Andromeda. Que va-t-il encore m'arriver ? Que vont-ils faire de moi ? Marjan s'est mise à caresser l'oiseau avec le dos de la main, sur le haut de la tête puis sur le poitrail. Elle lui parlait avec une voix douce, très calme :

« Tout va bien se passer, ne t'inquiète pas, pas besoin de stresser. Tu vas te rappeler en un clin d'œil comment on vole. Tu vas retourner là où tu appartiens, là-haut, dans le ciel. »

Elle s'est écartée pour ensuite se placer derrière moi. Elle a posé sa main sur mon épaule et a ajouté avec la même voix, presque encore plus douce :

« C'est quand tu veux, quand tu le sens. Il n'y a aucune urgence, apprécie ce temps avec l'oiseau. Et puis tu la libères, sans geste brusque, tout naturellement. »

J'ai ressenti une étrange sensation de calme. Il n'y avait plus en moi de stress, plus de pensée sur ceci ou cela. Le boulot. Les candidatures. Les factures. Impressionner Marjan. Tout a disparu, ce lourd boulet, cet énorme fardeau que je traînais depuis des mois, s'est évaporé. Je ne pensais à rien, j'étais bien. Juste bien.

Andromeda restait recroquevillée dans mes bras, comme un bébé. Elle aussi s'était calmée, son bec s'était refermé. Peut-être avait-elle compris que ses ennuis étaient terminés, qu'elle pouvait faire confiance à ces gens autour d'elle, qu'une page se tournait et que le ciel l'attendait. J'ai souri : ce matin encore, je n'avais pas idée que la vie me réserverait un tel moment. Toucher un aigle. Aider un être dans la panade et lui donner une deuxième chance. J'ai dégluti. Une boule restait dans ma gorge.

J'ai souhaité intérieurement à Andromeda que ce nouveau départ soit le bon, qu'elle vive de belles aventures là-haut dans le ciel, là où le vent et l'instinct la porteraient. Tu en as tant bavé, tu le mérites, va.

J'ai desserré mes bras et j'ai projeté mes mains vers l'avant, en ouvrant mes bras bien grand. Très naturellement, Andromeda s'est élancée dans le ciel. Elle a fait deux battements d'ailes, très rapides, suivi d'autres de plus en plus amples, de plus en plus assurés. La reine du ciel reprenait la place qui lui était due. Je ne suis pas un poète, je ne suis pas très doué avec les mots, les belles phrases, mais c'était superbe, juste superbe. Je ne peux pas mieux vous l'expliquer.

Andromeda a continué son vol en restant à basse altitude, décrivant un large cercle autour de nous. Des gens de la LPO m'ont dit plus tard que c'était un vol de repérage, mais je préfère croire qu'elle nous disait au revoir. Ou merci. Les deux, peut-être. En tout cas moi je l'ai remerciée. Merci pour cet instant, bonne chance. Sur la fin du cercle elle s'est remise à battre des ailes et a pris rapidement de l'altitude, en direction du Mourre Nègre. Elle a fini par disparaître dans les nuages, nous laissant tout seuls, les cèdres, Marjan et moi, dans le froid de janvier.

C'était terminé. Le soleil commençait à se coucher.

En silence, on a refermé la cage, puis on l'a replacée dans la voiture de Lauriane. Les deux volontaires sont reparties avec. Marjan est montée avec moi dans Kangouroux. On ne disait rien. J'allais mettre le contact, mais Marjan m'a dit :

« Attends. »

Et elle s'est penchée vers moi.

## 13. LE PARESSEUX

*C'est sa peau contre ma peau et je suis avec elle*
*Et trois nuits par semaine, mais mon Dieu qu'elle est belle*
*Mais trois nuits par semaine*
*C'est son corps contre mon corps, c'est nos corps qui s'enchaînent*

Indochine, *Trois nuits par semaine*

S'il y a bien une qualité à reconnaître à Doumé, c'est la constance. Lorsqu'il trouve son truc, il ne le lâche plus. Hier soir, après la Forêt des Cèdres, je n'étais pas rentré à Rustrel et comme par hasard, ce matin, j'ai eu droit au réveil à ma bande-son via un lien YouTube sur WhatsApp.

« Pourquoi tu ris ? » m'a demandé Marjan, à l'autre bout de l'oreiller.

« Pour rien, c'est juste mon frère. »

Il y a eu ensuite une bataille rangée pour voir l'écran de mon téléphone, bataille que j'ai perdue puisque je ne jouais pas à domicile. Elle a souri et m'a rendu mon téléphone sans rien dire.

« Allez tu sais quoi ? Ce matin je ne vais pas à la clinique, j'annule tous mes rendez-vous. 30 millions d'amis et aucun qui ne soit vraiment le mien depuis des lustres, ils peuvent bien me lâcher une matinée, non ? »

Je lui ai répondu que oui, ils pouvaient bien la lâcher une matinée, et que moi aussi, tiens, j'allais faire la grève des candidatures. À force, elles n'avaient plus de spontanées que le nom.

« Allez, tu lézardes au lit, interdiction de te lever, je reviens avec une surprise. »

Je venais d'avoir l'idée que je croyais brillante de nous préparer un petit déjeuner au lit. Elle s'avéra lamentable : ce n'était pas ma cuisine, impossible de trouver quoi que ce soit, sur un carrelage froid comme l'âme du diable. Là où il devait y avoir des biscottes il n'y en avait pas, et là où il devait y avoir du café, eh bien il n'y en avait pas non plus. Tartempion n'aurait pas manqué de faire son petit commentaire. Au final, j'ai juste réussi à mettre un semblant de petit déjeuner sur un plateau et à rouvrir la porte avec le pied en fredonnant un *Surprise !*

Marjan a joué le jeu, mais je crois que ça ne l'a pas surprise du tout, avec tout le raffut que j'avais fait. On a bien tassé les oreillers, on s'est assis bien serrés contre et puis on s'est mis à grignoter ce diable de petit déjeuner. Et finalement, je ne m'étais pas si mal débrouillé.

« Tu penses qu'elle est où, maintenant ? » ai-je demandé à Marjan en regardant le marc de café au fond de ma tasse. Il partait dans tous les sens, impossible d'en tirer la moindre conclusion.

« Tu parles d'Andromeda ? »

« Non, de la fille du pape. »

« Eh bien c'est facile, on n'a qu'à regarder. »

Marjan s'est penchée et a pris son téléphone sur la table de nuit.

« Tu… tu peux la suivre, là, comme ça ? »

« Eh oui, je t'ai dit qu'elle avait une balise GPS, a-t-elle répondu dans un soupir. Ça commence mal, tu ne m'écoutes pas. »

Je n'ai pas répondu, je n'ai pas protesté. La vérité était que je n'avais pas fait la connexion dans mes petits neurones : eh bien oui gros bêta, s'il y a GPS, il y a moyen de la localiser. Bref instant de honte. Pour vous dire l'entière vérité, cela me faisait un peu de peine également. Je m'étais imaginé qu'Andromeda avait disparu dans le ciel, je la rêvais dans les nuages, surplombant les forêts et les fleuves de notre basse terre. Ça m'ennuyait un peu que la technologie ait pu la réduire à de simples coordonnées, que l'on soit capable de la tracer à la seconde et au mètre près. Mais bon, je n'allais pas faire mon rabat-joie.

Marjan a allumé son téléphone et ouvert une application. La planète Terre est apparue, un peu comme dans Google Earth. Elle a tapé deux-trois trucs dans la barre de recherche et hop, il y a eu un gros zoom. L'Europe. La France. La Provence.

« Eh bien, mademoiselle a tout de même fait son petit bout de chemin, elle est sur l'autre versant du Ventoux. C'est pas tout près quand même, ça doit faire soixante bornes de là où on l'a lâchée. En une journée, c'est pas mal, elle a le diable au corps. »

Marjan m'a tendu son téléphone, et j'ai regardé. C'était drôlement bien fait, on pouvait suivre son trajet, depuis hier, mais aussi depuis le début, en Espagne, là où elle avait été baguée. Tu cliquais, et il y avait les coordonnées du labo à Valladolid qui l'avait équipée, avec la date. Tu pouvais cliquer aussi sur le site du second lâcher, celui de la Forêt des Cèdres, et apparaissaient les coordonnées de Marjan. Depuis hier, Andromeda avait donc fait route vers le nord, je me demandais quels étaient ses projets. Rester dans les Baronnies et y faire un petit nid douillet ? Ou bien voler plus loin encore vers d'autres horizons ?

« C'est super bien cette application, je ne connaissais pas.

Comment ça s'appelle ? C'est pour les vétérinaires, pour les animaux que vous soignez ? »

« Non, c'est ouvert à tous. Ça s'appelle FreeBird. Il faut avoir un accès spécial pour les espèces protégées, mais monsieur Tout-le-monde peut suivre toutes les autres. »

J'ai continué un moment à faire joujou avec le téléphone. C'était fascinant.

« Et ça marche pour tous les oiseaux qui sont bagués ? »

« Non, tu confonds les bagues et les balises GPS. Un oiseau qui est relâché est automatiquement bagué : ça permet, lorsque quelqu'un le trouve, de connaître son histoire. Mais on ne peut pas le suivre à la trace. Pour ça, il faut une balise GPS. Elles coûtent assez cher et sont plus fragiles, donc on ne peut malheureusement pas en équiper tous les oiseaux. On a eu de la chance avec Andromeda. »

« Ça arrive souvent qu'un oiseau comme ça fasse tout ce chemin ? »

« Il y a les oiseaux migrateurs, qui font des distances incroyables, de l'Afrique à l'Europe, par exemple. Ou même tout autour du cercle polaire. Mais les aigles de Bonelli ne sont pas considérés comme migrateurs. Andromeda est juste jeune, ou dans notre jargon immature. Elle se cherche un peu, c'est tout. »

Je n'ai rien répondu, j'ai continué à étudier le périple de l'aigle à travers la péninsule Ibérique, les Pyrénées, et enfin le Luberon. Qu'est-ce qu'elle pouvait bien chercher ? Un monsieur Bonelli bien particulier, ou autre chose ? Je me demande si elle-même le savait.

« Tu n'auras qu'à télécharger l'application et prendre mes identifiants, j'ai mis Andromeda en favori. Tu vas pouvoir suivre ta petite protégée à la trace. »

## 14. LE GARDIEN

Un entretien. Physique. Ce n'est pas rien, tout de même, dixit Tartempion. Ça veut dire que les gens de l'entreprise ont regardé votre CV et ont pensé que ça valait le coup de passer une heure avec vous. Ça ne se refuse pas. Même pour un poste de gardien. Je ne sais même plus comment ils m'ont trouvé. J'ai dit oui, évidemment que je voulais bien les rencontrer. Que voulez-vous.

C'était pour une boîte à la sortie de la ville, dans la zone industrielle. J'ai garé Kangouroux sur le parking, et la réceptionniste m'a conduit dans une salle de réunion en me disant que le gérant allait venir. En regardant les néons au plafond, j'en aurais presque pleuré : dur d'avoir l'air motivé quand on a envie de se tirer une balle dans la tête. « Allez, vas-y, tu vas voir, ça va te remettre le pied à l'étrier, c'est une première étape », avait soutenu mon conseiller Pôle Emploi.

J'ai rapidement regardé sur mon téléphone où était Andromeda. Depuis une semaine, c'était mon nouveau dada : j'ouvrais FreeBird à tout bout de champ. Comme ça, juste pour voir, juste pour savoir. J'ai lancé l'appli et j'ai cliqué sur mes favoris : ça a cherché un petit moment, mais ça tournait dans le vide. Ça ramait. Au bout d'un moment un message est apparu à l'écran :

CONNEXION INTERNET INSUFFISANTE
VEUILLEZ RÉESSAYER ULTÉRIEUREMENT

J'ai regardé le signal : j'avais pourtant trois barres. Tant pis.

Le gérant est arrivé sur ces entrefaites, j'ai rangé mon téléphone et j'ai affiché un grand sourire. Je lui ai serré la main, avec le style « à moi, on peut me faire confiance, c'est sûr ». On s'est assis, et il m'a dit que pour commencer il allait décrire le poste à pourvoir.

« Bon, je pense que ça vous l'a été dit, mais je préfère vous le redire pour que tout soit bien clair, ce n'est pas un CDI, hein. On recherche simplement un remplacement jusqu'à la fin du mois de mars, et il n'y a aucune chance pour qu'on embauche cette personne après, même si elle fait un excellent travail. »

Non, on ne m'en avait pas parlé au téléphone, mais de toute façon, ça ne changeait rien : ce n'était pas le moment de faire le difficile.

« Je préfère être clair avec vous, notre gardien actuel fait du bon boulot, et on le reprendra. Il a eu un accident de voiture, il est en arrêt-maladie. Il faut l'opérer des deux genoux, mais une fois qu'il sera sur ses deux jambes, il reprendra son poste. Je ne veux pas vous donner de faux espoirs. »

En plus, un mec honnête, c'était bien ma veine. L'entretien a repris, et ce n'est pas vraiment la peine de le raconter ici. Ses questions, classiques, comme dans tous les entretiens d'embauche, et mes réponses, encore plus banales, que j'essayais tant bien que mal de travestir sous des costumes de motivation. Il parlait, je répondais, et entre nous deux, mon CV, squelettique, qui essayait de ne pas tomber en morceaux.

« Bon, et pour les horaires, vous confirmez qu'il n'y a pas de souci, hein ? Vous serez de garde le week-end, et en semaine, ce sera pendant la nuit, vous devrez être sur place, surveiller l'installation, gérer les alarmes et être disponible au téléphone si on vous appelle. »

Pas de problème, j'ai confirmé, je ne suis pas neuneu. Mais ça m'ennuyait quand même un peu. Quand j'étais célibataire, le soir c'était *Samurai Champloo* avec Doumé et rien de plus. Les week-ends, ça n'était pas plus folichon. Et bingo, maintenant que j'étais avec Marjan, on venait tout me compliquer. La vie, je vous jure.

L'entretien s'est terminé avec la formule de politesse consacrée « bon, ben, on réfléchit et on vous rappelle le cas échéant », on s'est serré la main et en moins de temps qu'il ne faut pour le dire, je me suis retrouvé dans Kangouroux. Ça avait duré trente minutes chrono.

Mon téléphone était encore ouvert sur FreeBird, l'appli ne localisait toujours pas Andromeda. Tant pis. J'ai appelé Marjan. Pas vraiment qu'il y avait des scoops à lui donner, bons ou mauvais, mais plutôt pour qu'elle arrête de se ronger les sangs dans son cabinet. Elle y croyait tellement, la pauvre, elle y croyait bien plus que moi. Elle a décroché tout de suite :

« Alors, comment ça s'est passé ? »

Il faut l'avouer : c'est quand même un petit peu plus encourageant que l'habituel « de toute façon, c'était pas le job de ta vie » de Doumé. Je lui ai raconté rapidement, il n'y avait de toute façon pas grand-chose à dire. Je n'ai pas parlé des horaires : pas la peine de s'attarder sur des problèmes qui n'existeront sans doute jamais.

« Par contre, je n'arrive plus à suivre Andromeda, elle n'apparaît plus dans l'application. T'as essayé de te connecter cet après-midi ? » ai-je fini par lui demander.

« Non, pas du tout. Tu sais, ça arrive que le GPS déconne, c'est pareil qu'en voiture. Ça reviendra. »

« Tu penses pas que c'est un problème de batterie, ou un truc comme ça ? »

« Non, les batteries sont conçues pour durer dix ans,

et en plus elles se rechargent avec le soleil. Je pense plutôt que le GPS s'est paumé, ça arrive, et il va se rebooter tout seul. Ou alors… »

Elle a marqué un temps d'arrêt. Assez long, il faut bien le dire.

« … Ou alors elle s'est fait braconner, et le chasseur a eu peur de se faire choper. Il l'a enterrée avec le GPS dans une boîte en métal. Ça arrive aussi. »

Là, c'est moi qui n'ai plus rien dit. Jusqu'à présent, j'avais des inquiétudes, des appréhensions mais rien de bien précis ; Marjan venait à l'instant de décrire un scénario possible.

« Mais bon c'est un peu tôt pour tirer des conclusions, hein ? Allez, j'ai un patient qui arrive, je te fais des bisous et je te dis à demain soir, OK ? »

On a raccroché. Je me suis enfoncé dans mon siège et j'ai recommencé à regarder l'application. Elle cherchait toujours dans le vide.

## 15. LE POSTIER

Hier, Marjan était venue pour la première fois à la maison ; on avait tiré les rois avec Doumé. On commençait à ne plus être franchement dans les temps pour la galette, mais elles étaient en promotion chez Leclerc, on n'allait pas faire les puristes. J'étais passé sous la table : techniquement, ce n'était pas moi le plus jeune, mais bon je me méfiais un peu des remarques spirituelles de Doumé si Marjan avait pris ma place. On avait passé l'après-midi tous les quatre ensemble avec Tartempion, ça avait été plutôt sympa, Doumé et Marjan s'étaient bien entendus. Un souci en moins, me direz-vous.

Le hic, c'est qu'aujourd'hui, c'était lundi, et que je n'avais toujours pas trouvé de travail. Une nouvelle semaine qui commence et vous n'avez toujours rien à faire, je peux vous dire qu'à la longue c'est dur. Tout le monde s'active autour de vous, il faut y aller, je suis pressée, je suis en retard, bisous, et puis vous vous retrouvez tout seul. Dans la maison, il n'y avait plus que le silence et ma tasse de café. Et Tartempion.

« Pourquoi ne regardes-tu pas où est Andromeda ? » m'a proposé l'animal.

Je me suis connecté et j'ai regardé dans mes favoris : toujours rien. Elle avait disparu des écrans radars. Je ne pouvais m'empêcher de me faire du mouron : je l'imaginais six pieds sous terre, dans une boîte en métal, truffée de plombs.

« Boh, tu t'inquiètes pour rien, elle a bien l'âge de jouer les filles de l'air, a soupiré Môssieur en s'étirant sur le canapé et en se faisant les griffes sur son coussin préféré. Tu ferais mieux d'aller respirer le bon air pur, à quoi ça rime de rester enfermé par ce beau temps ? »

Il n'avait pas tort. Le ciel était au grand bleu, ce qui est rare pour un mois de février. J'avais des envies de Forêt des Cèdres. J'ai mis mes baskets et fait sortir Tartempion.

« Si c'est comme ça que tu me remercies de mes bonnes idées », a-t-il ronchonné en atterrissant sur le paillasson.

Je remontais l'allée vers Kangouroux, quand j'ai vu le postier au portail. Il était en train de mettre du courrier dans notre boîte aux lettres.

« Ah puisque vous êtes là, je vais vous donner tout ça en mains propres », a-t-il dit en relevant la tête.

J'ai marqué un arrêt. Son visage était constellé de bleus. Son arcade sourcilière et tout le côté droit disparaissaient derrière un immense bandage, sous lequel on devinait des points de suture. Ça faisait mal rien que de le regarder. Je le connaissais bien, Michel, c'était un collègue de Doumé, guère plus vieux que nous. Il a lu dans mes yeux.

« Eh oui, je sais. On a joué contre Pertuis la semaine dernière. Déjà qu'en temps normal c'est difficile, mais là, en plus c'était à l'extérieur, ils nous ont laminés. 40-25. Ça me fait mal rien que de le dire. »

Perdre contre le versant sud du Luberon. Que voulez-vous, on ne peut pas tout avoir, il faut bien laisser aux autres quelque chose de temps en temps. Il m'a tendu une enveloppe, qui m'était adressée. Il a essayé de sourire, et il est remonté dans sa camionnette. Bigre, une lettre. Ça n'annonçait rien de bon. J'ai ouvert la lettre et tout juste Auguste : une réponse négative. Pour le gardien de nuit. Le bla-bla habituel : malgré mes qualités qui étaient évidentes, on préférait aller voir ailleurs.

Ça m'a flanqué un coup au moral. Mon projet de randonnée a pris du plomb dans l'aile. Le ciel n'avait plus l'air aussi bleu, et puis franchement, trente fois que je faisais ce sentier, je commençais à le connaître. J'ai préféré faire demi-tour. Tartempion était toujours sur son paillasson.

« Alors c'est comme ça ? Tu abandonnes ? » a-t-il miaulé.

J'ai préféré me taire, je l'ai poussé du pied. Il était plus que temps d'arrêter de parler à ce chat. Chômeur, peut-être, fou pas encore. Je suis rentré et je me suis fait une bonne tasse de café, pour m'aider à digérer la nouvelle. Ça avait quand même du mal à passer, un petit cognac ou une petite poire allait être nécessaire. Tartempion avait fait une Anschluss sur les deux coussins du canapé et me regardait d'un air sévère :

« Je veux bien être le chat d'un chômeur, mais pas d'un alcoolique. Si tu vas sur cette pente-là, je préfère retourner chez Jésus-Christ à Lumières. »

Je lui ai répondu que rien ne le retenait, et que s'il n'aimait pas les croquettes qu'on lui servait ici, il pouvait aller chasser les souris ailleurs. Il a pris un air pincé, plissé les oreilles et ajouté : « Pourquoi est-ce que tu ne te secoues pas un peu les puces ? Tu devrais défaire la crèche. Les rois mages sont passés, il est temps de tout remballer. »

Il n'avait pas tort, le bougre. J'ai sorti les cartons de sous la table et commencé à retransformer les santons en momies, embaumées dans de vieux exemplaires de *La Provence*. Le ruisseau en aluminium comme la mousse n'ont eu droit à aucun traitement de faveur, direction la poubelle.

C'est en momifiant le postier que j'ai percuté. En m'attardant sur le visage de cet illustre représentant des PTT, j'ai repensé à l'ami qui venait de passer. Tous les deux avaient des gueules cassées. J'ai regardé dans la foulée les autres santons que j'avais rafistolés. Le veilleur de nuit cul-de-jatte : le gardien que j'aurais voulu remplacer, son accident de voiture et ses genoux bousillés. Le fauconnier et son oiseau : moi et Andromeda, blessée puis qui reprend son vol. C'était complètement idiot, mais ça faisait quand même trois coïncidences entre cette crèche et la vraie vie. Du haut de son canapé, Tartempion a miaulé un bon coup :

« Tu es sûr que c'est du café dans ta tasse ? Primo, Andromeda est une aigle qui s'est fait électrocuter, pas un faucon avec une aile cassée. Secundo ton vigile doit se faire opérer des genoux, ce n'est pas un vigile cul-de-jatte. Et tertio, ton santon de postier a reçu une greffe de visage, ce n'est pas tout à fait pareil que jouer contre Pertuis au rugby. »

Il avait peut-être raison, tout ceci était trop ridicule. Mais ça continuait de débouler dans ma tête et refusait de s'arrêter. Et si mes petits boudins d'argile avaient jeté un sort sur Andromeda et ces deux gus ?

J'ai remis tous les santons dans leur sarcophage de papier journal, à l'exception du fauconnier, du veilleur de nuit et du postier. Les trois me regardaient en silence, ils me dévisageaient sans rien dire, observant le moindre de mes gestes. Je sentais le regard du rapace, les approbations du veilleur de nuit, les critiques du postier. J'ai fini par prendre les dernières pages de *La Provence* et j'ai embaumé mes trois larrons, rendez-vous l'année prochaine.

Le reste de la journée n'est pas passé particulièrement vite, mais bizarrement je n'arrive plus à me souvenir exactement de ce que j'ai fait. Rien de bien sensationnel, sans doute. Je sais juste que cette histoire de santons n'a pas cessé de me trotter dans la tête. Elle me rappelait vaguement quelque chose, mais quoi, impossible de mettre le doigt dessus.

En fin d'après-midi, Doumé est rentré du boulot. J'avais envie de lui en toucher un mot, mais je n'ai pas osé : pour m'entendre dire que ça y est, j'étais devenu fou, merci bien.

On s'est collés devant *Samurai Champloo* avec Tartempion sur les genoux, lui aussi était devenu accro à la série. Au moment du dîner, juste avant les spaghettis au beurre et aux herbes de Provence, je me suis jeté à l'eau, l'air de rien :

« J'ai vu ton collègue déposer le courrier à midi, tu sais, celui qui fait du rugby. Michel. Ils ne l'ont pas loupé, hein, dis donc. »

« T'as vu, c'est impressionnant, hein ? Ça date du week-end dernier au rugby, ils lui ont pété l'arcade sourcilière. On l'appelle depuis une semaine Quasimodo d'el Pertuis, ça l'a fait marrer et du coup y a ses points qui se sont rouverts. »

Mais faire le lien avec les santons, il y avait un fossé que je n'ai pas osé franchir. Nous avons fini de manger puis nous avons regardé *La Septième Compagnie*, qui repassait sur TF1. À la fin, Pithiviers a sauté en parachute et nous sommes montés nous coucher. Bien emmitouflé sous la couette, j'ai regardé une nouvelle fois où pouvait bien être Andromeda. Comme ça, juste avant de dormir. L'application la maintenait inconnue au bataillon. Tant pis.

J'ai envoyé un SMS « BONNE NUIT » à Marjan, et mis le mode avion, car madame a un peu le chic pour envoyer des messages à des heures indues. J'ai éteint la lumière, Tartempion s'est roulé en boule dans son coin de lit et j'ai fermé les yeux.

C'est à ce moment que ça m'est revenu.

## 16. LA CONSERVATRICE

Oui, ça m'était revenu : toute cette histoire de santons me rappelait un épisode de *X-Files* que j'avais vu il y a bien dix ans au moins, si ce n'est quinze. Impossible de me rappeler exactement quoi. J'ai pris mon téléphone sur la table de nuit, désactivé le mode avion et tapé sur Internet : XFILES ARGILE HOMMES. J'ai égrené les résultats, ça ne donnait rien. J'ai saisi les mots suivants : XFILES BOUE FORME HUMAINE. Le premier résultat de recherche était la page Wikipédia d'un épisode de la série intitulé « La Prière des morts ». Bingo. C'était bien l'épisode que j'avais vu des années plus tôt, une histoire de vengeance : à Brooklyn, des juifs hassidiques avaient créé avec de la boue un être pour se protéger d'un gang de néonazis. La créature avait pris vie et tuait l'un après l'autre les membres du groupuscule d'extrême droite. Il était expliqué que les scénaristes s'étaient inspirés du mythe du Golem pour écrire cet épisode. Tartempion s'est levé puis est remonté le long de mes jambes, pour voir ce qui me tenait éveillé. Je l'ai entouré de mon bras gauche pendant que je tenais mon téléphone dans la main droite. J'ai lancé une nouvelle recherche sur le mot « Golem ».

Un golem était, dans la mythologie juive, une créature humanoïde faite d'argile, incapable de paroles et dépourvue de libre arbitre, façonnée afin d'assister son créateur. Il serait né de la terre glaise après que quatre rabbins, figurant les quatre éléments, aient écrit sur son front le mot EMET(H) (אמת, « vérité » en hébreu). Son but était de défendre la communauté des pogroms. Le seul moyen de l'arrêter était d'effacer la première lettre car MET(H) (מת) signifie « mort ». J'appris à cette occasion que l'hébreu se lisait de droite à gauche.

« Tu délires, a murmuré Tartempion, tu as trop abusé des herbes de Provence. Primo, tu n'es pas juif et tu ne parles pas hébreu, et secundo, tu n'as rien écrit sur tes santons : ni Vérité ni Mort, pas même *Made in Rustrel.* »

Pas faux, ai-je pensé en remettant le mode avion. Ce chat avait le chic pour avoir toujours raison.

La nuit porte conseil, dit-on. En général, je ne dirais pas le contraire, mais là, pas du tout : au réveil, cette histoire de golem me trottait plus que jamais dans la tête. Je touillais en silence mon café, espérant que les vapeurs d'arabica déclenchent une illumination. Pour une fois, Tartempion ne disait rien : il était tout occupé à manger ses croquettes, et c'était très bien comme ça.

Sur l'application, Andromeda était toujours hors radar, l'hypothèse du braconnage se confirmait de jour en jour. J'ouvris mon ordinateur à reculons : je n'avais aucune envie de refaire ma lettre de motivation une centième fois. Ma souris est rapidement allée se balader du côté d'Internet, a rebalayé les recherches de la veille au sujet du golem. Je n'en ai appris rien de plus.

« Si c'est pour rester toute la journée à surfer sur Internet, tu ferais mieux de demander à quelqu'un qui s'y connaît vraiment là-dessus, quitte à passer pour un fou. »

C'est rageant d'être avec quelqu'un plein de bon sens, a fortiori lorsque ce quelqu'un en question est votre chat. Je n'ai rien répondu, mais j'ai tapé sur Internet LEGENDES + JUIFS + VAUCLUSE. Je suis tombé illico sur une synagogue à Cavaillon, et son musée judéocomtadin qui présentait des collections sur l'histoire des Juifs en Provence. Ce serait quand même bien le diable si personne là-bas n'était capable de m'en dire plus sur les golems. Tartempion a reçu un aller simple pour le paillasson, et en moins de deux je me suis retrouvé au volant de Kangouroux.

Le musée était selon le GPS à trente-neuf minutes de Rustrel : en faisant bien attention aux radars vers le pont Julien, j'y fus en trente. L'entrée était celle d'une vieille maison du centre-ville, à côté d'une petite tourelle en pierres. Une visite guidée était organisée toutes les heures : il n'y avait qu'un petit quart d'heure à attendre. Je craignais d'être tout seul, mais au dernier moment une famille de quatre est arrivée : tant mieux, j'allais pouvoir jouer au passager clandestin et poser mes questions à la fin, ni vu ni connu.

À onze heures pile, la porte s'est ouverte et une dame est apparue qui s'est présentée comme notre conférencière. La famille est entrée en premier, moi derrière, et la visite a commencé. Une des plus vieilles synagogues de France, de l'art baroque en-veux-tu en voilà. C'était très joli et intéressant, même si je n'écoutais rien, trop occupé à me triturer les méninges pour que ma question sur les golems ne tombe pas comme un cheveu sur la soupe. La conférencière a haussé la voix, elle avait dû noter que je n'écoutais pas un mot de ce qu'elle disait.

« Et vous pouvez voir ici un plat octogonal utilisé lors du Seder, la cérémonie d'inauguration de Pessah, la Pâque juive. Il présente en son centre huit médaillons, dans lesquels sont déposés les huit aliments symboliques de la Pâque. Dans chaque médaillon est écrit l'aliment qu'il doit recevoir :

◉ *Zroa*, ou os d'agneau, pour l'agneau pascal ;

◉ *Beytsa*, l'œuf dur, qui symbolise le deuil de la destruction du temple ;

◉ *Maror*, un mélange d'herbes, qui représente le souvenir amer de l'esclavage en Égypte ;

◉ *Harosseth*, un mélange de légumes qui représente le mortier utilisé en Égypte pour fabriquer des briques ;

◉ *Matsoh* : les trois pains azymes, symbolisant le peuple juif qui a dû partir d'Égypte sans avoir eu le temps de laisser lever le pain. »

« Vous savez de quelle matière est fait ce plat ? » ai-je demandé. C'était sorti tout seul, comme ça, un éclair de génie.

« Euh oui, oui, il est en cuivre », a répondu la conférencière, tout étonnée de ce gros fayot qui lui tombait du ciel.

« C'est surprenant qu'ils n'aient pas utilisé un matériau plus courant en Provence, comme la faïence d'Apt, ou l'argile, ce n'est pas ce qui manque avec le Colorado juste à côté. » Je m'avançai à pas de loup, ni vu ni connu.

« Euh… non, on peut y voir aussi la volonté d'utiliser un matériau de valeur pour un plat de célébration. »

« Est-ce qu'on ne pourrait pas y voir la peur de reproduire la légende du Golem ? Écrire un mot dans l'argile, et lui donner vie ? » ai-je demandé. Je reconnais que là, c'était un peu, voire beaucoup, capillotracté.

« Euh… je ne pense pas… Comme je vous le disais, Pessah est une fête très importante dans la religion juive. Il faut y voir une volonté d'afficher une vaisselle de prix, de qualité, dont on ne se sert pas tous les jours, comme les plats en terre cuite, par exemple. »

La conférencière a continué sa visite, j'ai bien compris qu'elle m'avait rangé dans la catégorie des ennuyeurs de service. Elle n'était visiblement pas seule. Dans la famille le père regardait sa compagne avec des yeux « y en a qui ont de ces questions je te jure ». La déambulation a duré à peu près encore quarante minutes, puis la conférencière nous a dirigés vers la sortie, nous remerciant de notre intérêt et nous souhaitant une bonne journée.

J'ai pris mon courage à deux mains. J'ai laissé la famille partir et j'ai tenté une nouvelle approche. La conférencière m'a fait un grand sourire : elle devait avoir l'habitude des lourdauds.

« Je réfléchissais à notre échange pendant la visite… Je me demandais s'il y avait des précédents, ou des connexions, entre les santons et le mythe du Golem dans l'histoire de la Provence ? » Carte sur table, le tout pour le tout. Elle s'est mise à rire.

« Vous mélangez un peu tout, monsieur… Vous savez, les santons sont pour la crèche, qui relève de la religion chrétienne. Et puis dans la religion juive, la légende du Golem est reliée à l'Innommable, le nom de Dieu que l'on n'a pas le droit de prononcer. On ne rigole pas trop avec ces choses-là, vous savez. »

« Donc d'après vous il n'y a jamais eu d'histoire de santonnier qui ait eu peur que ses santons prennent vie, ou quelque chose dans le style ? »

« Pas à ma connaissance… Mais si vous avez peur que vos santons viennent vous tirer du lit, vous n'avez qu'à écrire חול (Chol) en dessous : ça veut dire “sable”. S'ils venaient à s'éveiller, ils redeviendraient poussière, et rien de plus. »

Elle m'avait percé à jour. J'ai rougi, j'ai regardé mes pieds et j'ai balbutié un « merci, au revoir ». Je me suis retrouvé dehors dans la rue en moins de temps qu'il ne faut pour le dire.

Revenu dans la voiture, j'ai cherché mon téléphone pour mettre le GPS. Mais par réflexe, j'ai d'abord lancé FreeBird histoire de voir où était passée Andromeda, sans trop d'espoir, comme ça, juste pour être sûr. Je suis allé dans mes favoris, et le téléphone a failli me tomber des mains : Andromeda était réapparue d'entre les morts. Et devinez où, au beau milieu de l'Italie.

## FREEBIRD
## 40°45'04"N 14°29'24"E

…

*Le premier des Romains qui en ait parlé est Manilius : il dit que personne ne l'a vu manger; qu'il vit cinq cent quarante ans; qu'en vieillissant, il construit un nid avec des rameaux de casia et d'encens, qu'il le remplit de parfums et qu'il meurt dessus. Il ajoute qu'ensuite, de ses os et ses moelles, naît d'abord une sorte de vermisseau, qui devient un poussin.*

…

*Pline l'Ancien*

## 17. L'ENTREPRENEUR

L'Italie, Doumé avait éclaté de rire. Marjan n'avait rien dit, ou plutôt pas grand-chose. Elle avait ouvert des yeux gros comme des billes lorsque je lui avais appris le pays où Andromeda avait réapparu, mais elle n'avait pas d'avis tranché pour autant.

« Un GPS qui a un souci, ça n'arrive peut-être pas tous les jours, mais ça arrive. On a parfois des relevés erratiques, on se demande bien comment la mesure a été faite. »

Avant d'ajouter :

« Une telle distance pour une espèce migratrice, ça ne serait vraiment pas exceptionnel. Mais l'aigle de Bonelli n'est pas un oiseau migrateur. Et même pour un immature, l'Italie depuis l'Espagne, ça fait beaucoup… pas impossible, mais surprenant, vraiment. »

« Eh bien Andromeda, elle est peut-être super immature, elle s'est trouvé un beau Marco, et il a voulu lui montrer son pays », a continué Doumé.

Mon téléphone passait de main en main, ça zoomait et dézoomait sur la Botte.

« Qui sait, peut-être qu'elle a voulu s'offrir des petites vacances, un week-end à Rome, y a pas de mal à ça », ai-je conclu en reprenant mon téléphone, comme pour mettre un point final à la conversation.

« Et pourquoi tu ne ferais pas comme elle ? » a dit Marjan.

« Tu veux qu'il se trouve un beau Marco lui aussi ? » s'est marré Doumé.

« Mais non, qu'il prenne des vacances. Ça lui ferait du bien, au lieu de postuler tant et plus. Je les lui offre. »

Alors ça, c'était hors de question. J'étais peut-être chômeur, mais pas paresseux. Et puis, pas moyen que ce soit ma belle qui me paie ces vacances : on n'a peut-être pas d'argent, mais on garde sa fierté.

« Ça va pas la tête ?! T'es malade ou quoi ? Des vacances en plein mois de février ? »

« Et moi, je suis sûre que ça te ferait le plus grand bien. »

« Marjan n'a pas tort. Qu'est-ce que tu as comme candidature dans le pipeline en ce moment ? » n'a rien trouvé de mieux à dire mon Doumé.

Je n'avais rien. Rien de rien. La misère.

« Je… J'ai rien. Je n'attends plus de réponse de personne. »

« Eh ben tu vois, qu'est-ce qui t'empêche de partir pour une semaine ou deux ? »

Je suis resté muet pendant un moment, avant de marmonner :

« Ben je sais pas, mais y a peut-être des boîtes qui appelleront, comme ça, au pied levé. »

Marjan allait répondre mais elle a vu dans mes yeux qu'il valait mieux ne pas venir me chercher sur ce terrain-là, alors elle s'est tue à son tour pendant quelques secondes. Je me suis levé pour débarrasser, histoire de mettre cette idée de vacances dans le lave-vaisselle avec nos trois assiettes.

« Et pourquoi tu ne te mettrais pas à ton compte ? Tu pourrais créer ta boîte », a soufflé la voix de Marjan dans mon dos. Je l'attendais, celle-là. Ça n'était pas la première fois qu'elle me la sortait. Depuis quelque temps, c'était même devenu sa petite lubie, elle me la servait à toutes les sauces. Je me suis retourné avec des yeux noirs mais c'était trop tard, le coup était parti.

« Mais oui, c'est une super idée, tu devrais faire ça plutôt que d'enquiller les candidatures pour des jobs à la con. » Doumé venait d'attraper la balle au bond.

« T'as toujours aimé faire quelque chose de tes mains. Comme ça, tu serais propriétaire de ta force de travail, au lieu d'être l'esclave des grosses boîtes, et… » Son côté Besancenot reprenait le dessus, il fallait l'arrêter dare-dare parce que sinon on en avait pour la soirée.

« Et tu voudrais qu'elle fasse quoi, ma force de travail, hein ? C'est bien beau de vouloir créer sa boîte, mais faut avoir une idée au départ. Les gens vont pas acheter du vide pour mes beaux yeux. Moi je n'ai rien à vendre, je ne sais rien faire, j'ai jamais choisi les bons trucs. Y a pas à aller chercher dans la lutte des classes pour comprendre, c'est aussi bête que ça. »

« C'est pas vrai, tu sais faire plein de trucs. Regarde les santons que t'as restaurés à Noël, c'était vachement bien fait : même à la loupe, on voyait pas que c'était cassé. Je suis sûr qu'il y a plein de gens qui seraient prêts à acheter tes santons, faut juste que… que tu te bouges c'est tout. »

Un postier encarté à la CGT qui vous conseille de vous bouger, ça, c'était le comble.

« Je pense pareil, ça te coûterait rien de te lancer », a ajouté Marjan.

Mes adversaires se liguaient contre moi.

« Des santons… Et vous croyez qu'y a beaucoup de gens qui vont acheter des santons en plein mois de février ? Ça vous a peut-être échappé mais Noël, ça vient de passer. »

« Il a surtout peur que ses santons viennent le tirer du lit la nuit », s'est marré Doumé. Je lui avais tout raconté il y a deux semaines, les golems, la visite de la synagogue à Cavaillon. Il m'avait promis de ne pas en parler.

« Toi, ta gueule ! »

Bam. La Grosse Bertha avait fait place nette. L'infanterie

et la cavalerie ne disaient plus rien, laminées. Je me suis levé pour aller chercher les yaourts dans le frigidaire.

« Les santons, ça n'était qu'un exemple. Tu peux trouver autre chose… C'est même à toi de trouver ce qu'il te plairait de faire… »

« Tu pourrais faire des taraïettes… Plus personne n'en fait aujourd'hui dans la région. Je lis un bouquin là-dessus en ce moment, c'est complètement barré : deux gars qui en déterrent dans un champ, mais en fait ce sont des vestiges de trompettes que les Gaulois utilisaient pour calmer le mistral. Des toutouros, ils appelaient ça », a dit Marjan.

« Ben voilà, tu fais des taraïettes pour commencer, pour te lancer. Et puis aussi des santons, comme ça quand l'hiver arrive, les gens te connaissent un peu déjà, et puis poum ! »

Un trotskyste qui se transforme en start-uppeur. On ne connaît jamais vraiment les gens, pas même son frère.

« En tout cas, moi, je te vois plus là-dedans que chef de rayon ou vigile chez Trucmuche. »

Il ne manquait plus que Tartempion dans l'affaire. Il avait compris que le dîner était terminé et que ça allait être à son tour de manger.

Ils ont continué comme ça en bande pendant encore dix minutes, à faire des business plans sur la comète. Ça ne servait à rien de les contredire : ils avaient réponse à tout. Ils ont dégainé des Yakas, des Fokons et des TuNaQuas à tour de bras. À trois contre un, ça n'était plus équitable, j'ai préféré battre en retraite.

« Bon eh bien le gros paresseux va se coucher, parce que, avec tout ce que vous lui mettez sur les bras, il est fatigué rien que d'y penser. »

J'ai monté l'escalier. Ils ont continué à discuter sans moi.

## 18. L'ESSAI

Je vois bien votre sourire aux lèvres : « Il n'attendait que ça en fait, il en crevait d'envie. » Vous n'y êtes pas du tout. C'est juste que je n'ai pas voulu faire de la peine à Marjan.

Un samedi de début mars, je suis rentré du marché avec mon sac de courses. Marjan, Doumé et Tartempion m'attendaient dans le salon.

« Viens voir, Doumé a acheté une nouvelle tondeuse à gazon », a lâché Tartempion en s'étirant et en se levant du canapé. Ça sentait le coup fourré à plein nez. J'ai posé les commissions sur la table de la cuisine et nous sommes allés dans le garage.

Notre tondeuse à gazon avait disparu ; à la place il y avait un chauffe-eau, ou une chaudière, un truc dans le style, en tout cas. Les trois mousquetaires me regardaient tout joyeux, comme s'ils avaient vu la Vierge. Marjan a fini par comprendre que je ne comprenais pas.

« C'est un four. Un four de potier. »

Sur le coup, je n'ai rien répondu. Je l'ai regardé, de long en large, et en travers, mais sans le toucher. Il était peut-être encore possible de le renvoyer chez le fabricant.

« Vous êtes fous… C'est de l'argent foutu en l'air. La dernière fois que j'avais regardé… ça coûtait un bras. »

« Bon, ça reste un four d'occasion, on l'a trouvé sur Leboncoin. Un potier de Valence qui partait à la retraite. C'est un Ceradel, on nous a dit que c'était une bonne marque. J'ai posé ma journée hier et suis allé le chercher avec un copain qui me devait un service », a expliqué Doumé.

« Vous êtes quand même fous… C'est de l'argent foutu en l'air. »

« Bon alors justement pour l'argent, tout vient de Marjan, je n'y suis pour rien. »

« Je le vois comme un investissement, y a pas de raison que ça marche pas », a-t-elle souri.

Des raisons, personnellement j'en voyais cent mille, mais je n'ai pas voulu faire le rabat-joie.

« Allez finie la dérobade, dès la semaine prochaine tu t'y colles, je veux te voir dans le garage les mains dans l'argile », a miaulé Tartempion après avoir sauté sur l'établi.

Donc, je n'avais pas vraiment eu le choix. J'avais acheté deux grands pains de faïence : j'avais forcément perdu la main sur mes maigres acquis et il allait y avoir pas mal de tentatives avant d'arriver à quelque chose de correct. J'avais un peu regardé à droite à gauche sur Internet comment on pouvait faire leurs taraïettes, ils m'avaient mis ça dans la tête. Pas mal de gens faisaient encore de ces poteries miniatures du côté d'Aubagne. Des petits pichets, des assiettes minuscules, ou bien encore des dînettes d'enfant. Il y en avait même un qui en avait fait sa spécialité. J'aurais pas cru. Et il y avait quantité des tutoriels sur YouTube, des potiers qui vous montraient comment ils s'y prenaient. On aurait pu croire qu'ils gardaient ça pour eux, un savoir-faire qu'ils ne partageaient pas, mais pas du tout : ils avaient l'air très content qu'on s'intéresse à leur métier. Et ça se voyait que les gars avaient passé des heures et des heures pour savoir où poser la main, au bon moment et avec la bonne pression. Ça se sentait qu'il y avait du travail, de la patience. Mais à bien regarder on devinait aussi que cela avait l'air faisable. Juste faisable.

J'ai coupé un des pains au tiers avec du fil, puis je l'ai pétri pendant un bon moment jusqu'à obtenir cinq ou six balles qui tenaient dans la main. C'est fou comme ça m'a encore fait du bien, ce simple contact avec la terre.

J'ai posé une première balle sur mon ancien tour, un petit Vevor sans prétention. Il obéissait toujours bien : une légère pression du pied, et il prenait de la vitesse. On relâchait un peu, et il ralentissait. Au pied et à l'œil. J'ai mis un peu d'eau, une bonne pression de la main, et la balle s'est collée au tour. On allait commencer mollo : un petit bougeoir pour commencer, histoire de retrouver les gestes, ça ne serait déjà pas si mal. Je n'ai pas réussi à centrer la boule tout de suite : au bout d'une ou deux minutes, la terre se mettait à danser et devenait incontrôlable. Il a fallu que je m'y reprenne à trois fois avant d'arriver à une base correcte.

J'ai positionné mes mains sur les côtés : la boule a pris de la hauteur, elle s'est affinée doucement. Pas besoin non plus de faire la tour Eiffel, j'ai pris le fil et coupé au tiers environ. Bonne hauteur et bonne épaisseur, j'ai relancé le tour et appuyé avec mon pouce à l'intérieur du monticule. Patatras : j'avais dû y aller trop fort.

Je pense que j'ai dû bien recommencer six fois avant d'arriver à quelque chose qui ressemble vraiment à un bougeoir. Une coupelle qui n'ait pas l'air d'une soucoupe volante. Une anse qui ne ressemble pas à un spaghetti sur le point de se faire la malle. L'objet trônait au milieu de l'établi, et je peux vous dire que ça vous fait relativiser : tout ça pour ça. Des poteries, vous en voyez tous les jours chez Auchan ou chez Leclerc, vous ne les regardez pas, vous ne vous arrêtez même pas devant. Et si c'est au-dessus de cinq euros, vous vous dites « non mais vraiment de qui se moque-t-on ? ».

« Il me semble que quelqu'un se décourage bien vite », a dit une voix dans mon dos. Tartempion s'était juché sur le four. Il avait trouvé sa nouvelle place.

« Franchement, trois essais et autant d'argile par terre, presque une heure pour un mini-bougeoir moche, on ne peut pas appeler ça une complète réussite », je lui ai répondu.

« Tu pensais que tu allais réussir du premier coup, et vamos à la playa ? »

Je n'avais pas mes charentaises au pied ; c'est dommage, parce que sinon, j'aurais volontiers tiré un penalty avec pour lucarne l'angle gauche du haut du four, contre le mur.

Le petit bougeoir m'a regardé à son tour : « Il n'a pas faux sur toute la ligne. Remets un peu d'argile sur le tour, je suis sûr que mes petits frères vont arriver plus vite. »

À deux contre un, j'ai abdiqué. J'ai remis le tour en route. Et, en un mot comme en cent, je dirais que ce fut long et douloureux. Les deux pains de faïence y sont passés, là où la moitié d'un aurait dû suffire. J'y ai consacré la journée, et même un petit peu plus. Lorsque Doumé est revenu de sa tournée, pile à l'heure pour *Samurai Champloo*, il est venu passer une tête par la porte du garage : « Alors-alors, comment ça se passe ? »

Je lui ai répondu d'aller voir ailleurs si j'y étais. Il n'y avait rien qui allait : tantôt c'étaient les anses qui ne ressemblaient à rien, tantôt c'étaient les becs verseurs qui versaient de travers. Ou alors les pieds qui se dérobaient. Ou alors les niveaux qui n'étaient pas au niveau. Ça n'a l'air de rien, ces taraïettes, mais je peux vous dire que ce n'est pas non plus de la tarte. Heureusement que mes deux associés en puissance étaient partis sur cette idée de petite vaisselle provençale. Si Marjan avait été prise d'une soudaine passion pour la porcelaine de Chine, j'aurais eu l'air malin.

Mon téléphone s'est mis à vibrer encore et encore dans

ma poche : ce devait être elle justement, qui voulait savoir comment ça se passait. J'ai laissé sonner, pris par mon affaire. À la fin, elle a dû comprendre : une dernière vibration, sans doute un dernier SMS pour me souhaiter bonne nuit.

Il était presque vingt-deux heures, lorsque toute une famille Taraïette m'a regardé du haut de l'établi. J'étais rincé. Un pot à eau. Deux poêlons. Une saucière. Deux bougeoirs. Deux petits paniers. Quatre pichets. J'y avais passé toute la journée.

« Pas mal, pour un début », a jugé M. Tartempion.

« Je vous remercie, monsieur l'inspecteur des travaux finis », lui ai-je répondu.

C'était trop tôt pour poser l'engobe, il fallait attendre quelques jours que les pièces sèchent et atteignent la consistance du cuir. J'avais prévu de rester simple : un engobe vert olive, et un autre jaune ocre. Pas vraiment par flemmardise, mais plutôt pour rester authentique : c'étaient des taraïettes, pas des tableaux de Van Gogh. Et puis après, attendre encore deux semaines avant de tout cuire au four : c'est le délai minimum pour éviter de fendre les pièces.

« Par contre, tu as oublié de signer. Tous les bons potiers signent leur création. »

« Non mais ça va non plus, ce sont juste des dînettes, pas du grand art. »

« Oui mais c'est du boulot, et ça t'a coûté la journée. À partir du moment où il y a du travail et de la patience, tu dois en être fier. Les gens ne les achèteront peut-être pas, mais je parie mes croquettes qu'ils respecteront plus ça que les trucs *made in China* qu'on coule en moule par centaines. »

Je réfléchissais. Il avait un peu raison, mais j'hésitais encore sur le principe, et puis aussi par faute de nom. Le mien est banal au possible, autant signer Dupont.

« Et pourquoi ne pas signer Tartempion ? » ai-je demandé à mon agent artistique.

« Non, ça fait sourire, ça fait rire, ce n'est pas l'effet recherché. »

J'ai réfléchi cinq minutes. Poterie du Luberon ? Ça faisait attrape-touriste. La Rustrelienne ? On aurait dit une course de vélo. Ocre et Argile ? Ça sentait le numéro spécial de *Des racines et des ailes*. Dieu, que c'était compliqué. À la fin, j'ai pris un des bougeoirs et l'ai retourné. J'ai saisi le couteau Swakopmund et j'ai écrit sans hésiter sur le bord de la soucoupe :

*ANDROMEDA*.

## 19. LE PLACIER

*Le lundi*
*Le mardi*
*Le mercredi*
*Le jeudi*
*Le vendredi*
*De l'aube à l'aube*
*Une partie de la matinée*
*Et les vacances*
*Abstinence*

Bashung, *Ma petite entreprise*

Ça y est, ça l'avait repris. Ces derniers temps il avait pourtant un peu lâché l'affaire avec la musique, le Doumé. À sa décharge, il fallait reconnaître que le Top 50 n'est pas inépuisable, et que sorti de *Rocky* ou de Johnny, pour motiver un chômeur, il n'y a pas légion de titres. L'affaire des taraïettes avait apporté une eau nouvelle à son moulin : il avait mis Bashung juste avant de claquer la porte bien fort, histoire d'être sûr de me réveiller. Sur mes jambes, Tartempion a bâillé comme un hippopotame : lui aussi avait compris que c'était l'heure. Il m'a regardé d'un air chargé de reproches.

« Tu aurais pu aller avec eux, quand même, ce sont tes taraïettes », m'a-t-il lancé à travers sa moustache.

« Ah, non, tu ne vas pas recommencer avec tout ça. »

En sortant les pièces de mon four, après les dix heures

de cuisson, j'avais pensé de manière un peu idiote que toute cette histoire s'arrêterait là. Attention, mes bougeoirs, mes poêlons et mes saucières, j'en étais très fier. Il n'y en avait qu'un qui s'était fendillé pendant la cuisson, tous les autres étaient sortis intacts du four. Les couleurs avaient bien tenu, c'était nickel. Bien alignées sur l'établi, mes poteries avaient une certaine gueule, il faut bien le reconnaître. Mais avec Marjan, j'ai mieux compris l'expression « faire des plans sur la comète ». Ajoutez-la à Doumé et Tartempion, et vous avez un tiercé gagnant d'un optimisme délirant.

« Mais c'est super ! Elles sont magnifiques ! Tu vois je te l'avais dit, que c'était une bonne idée de te lancer ! »

Jusque-là, passe encore. C'est normal, un peu d'excitation : votre petit copain réalise enfin son rêve de gosse, vous n'allez pas lui dire que ce qu'il vient de faire est moche. Je comprends. C'est naturel.

« Tu as décidé à quel prix tu voulais les vendre ? En lot ou à l'unité ? » Là, vous voudrez bien admettre qu'en matière de précipitation, on passe un cap.

« Eh oh, minute, papillon. On s'était bien mis d'accord : je fais vos taraïettes, merci pour le four, c'est un beau cadeau, mais on avait bien dit que je ne m'occupais pas de la suite. Vous en faites ce que vous voulez, ce n'est pas mon affaire. »

Ils ont compris qu'il valait mieux ne pas poursuivre sur cette voie. Marjan, Doumé et Tartempion ont donc continué à discuter devant moi, comme ça, comme si je n'étais pas là.

« Il faut les emmener à L'Isle-sur-la-Sorgue, je connais un dépôt-vente pour artistes. On dépose sa toile ou sa sculpture, et ça y reste jusqu'à ce que ce soit vendu », a dit Marjan.

« Il faut les mettre sur Internet. Sur eBay. Ou plutôt sur Etsy, ce serait parfait : c'est pour les artistes, tu crées ta page, et après les gens peuvent acheter en ligne. Ou alors on crée notre propre site internet, avec des photos, des vidéos de lui en train de travailler sur le tour », a dit Doumé en me montrant du doigt.

« Vous avez la folie des grandeurs, a repris une voix émergeant du canapé. Il faut commencer à la base avant de monter des châteaux en Espagne. Ces taraïettes, il faut les vendre au marché, le samedi matin. À l'ancienne, sur un étal, avec Kangouroux derrière et les portières grandes ouvertes. On n'accepte pas la carte bleue, parce qu'on veut rien déclarer et parce qu'on est des vrais. On a la monnaie dans la banane et on gueule plus fort que les autres TARAÏETTES, ELLES SONT BELLES MES TARAÏETTES. »

Silence. Personne n'a rien répondu, même pas moi. Ce petit chat de cinq kilos tout mouillé avait le chic pour marquer des points.

« C'est pas idiot. C'est même ce que j'ai entendu de plus intelligent depuis que cette conversation a commencé », ai-je marmonné.

« Ben oui, c'est une excellente idée, a renchéri Marjan. On y va, on les met sur une belle nappe, sur un joli présentoir, les gens regardent et s'arrêtent. Lorsqu'ils posent des questions, tu leur expliques comment tu t'y prends et... »

« Eh oh minute, je vous ai dit et redit trois cent mille fois que je ne voulais pas intervenir dans la commercialisation. »

« Mais si on va au marché, qu'on sort tes poteries et qu'on s'occupe de l'argent et tout et tout, tu vas bien venir avec nous quand même ? »

« Non non et non, on s'était bien mis d'accord là-dessus, et non, ça veut dire non. »

« Mais de quoi est-ce que tu as peur ? Si on s'occupe de tout, tu n'as qu'à parler de tes poteries, elles sont magnifiques, tu n'as pas à avoir honte. »

« Je t'ai dit que non ! Tu es sourde ou quoi ? »

Doumé a vu qu'il valait mieux que la conversation change de direction.

« Bon, inutile de s'énerver, on va pas se disputer pour ça. On n'a pas besoin d'être trois pour les vendre, tes taraïettes. Je vais poser ma matinée, Marjan aussi, et samedi prochain, on va au marché et on verra bien comment ça se passe. J'ai un pote qui y vend des légumes, du côté de la place de la mairie. Je vais lui demander ce qu'il en pense, comment s'arranger avec le placier et tutti quanti. »

Franchement, si c'est pas de la malchance, ça, hein, qu'est-ce que c'est ? Et c'est comme ça que Marjan et Doumé sont partis, ce matin, dans Kangouroux. Avec mes taraïettes à l'arrière.

## 20. LE SPECTATEUR

« Tu aurais pu aller avec eux, quand même », m'a reproché Tartempion.

« Ah, non, tu ne vas pas recommencer », ai-je répondu en envoyant valdinguer la couette, et lui par la même occasion.

« Tu vois, on ne peut rien te dire, tout de suite, tu t'énerves. »

Je suis descendu pour me faire un café. Une chance, il en restait de la cuvée Marjan et Doumé. Je m'en suis versé une grosse tasse et l'ai siroté en regardant le Luberon. Lui au moins ne disait rien : pas de conseil, pas de reproche. Juste le silence, et quelque part, entre les vallons et les crêtes, un peu d'écoute. Ça faisait du bien. On pouvait enfin s'entendre penser.

Lentement mon océan de café a amorcé sa marée basse : gorgée après gorgée, centimètre après centimètre, on voyait se rapprocher le plancher marin, avec le marc dans le rôle des coquillages. Puis, plus rien.

« Allez ouste, c'est bon, tu as gagné », ai-je dit à Tartempion. Il a cligné des yeux, mais a eu l'élégance de ne rien ajouter, pour une fois.

Je suis remonté pour me changer. Je voulais bien y aller, mais incognito, sans me faire remarquer. Hors de question de me faire alpaguer devant leur stand, j'imaginais déjà les commentaires : « Alors comme ça, ce sont tes poteries ? », ou alors : « Nié beh depuis le temps que ça te démange », sans oublier : « Un four ? Vous avez acheté un four ? Mais c'est que ça coûte du pognon, ces machins-là ! » Je suis allé dans la chambre de Doumé et lui ai piqué sa casquette de l'OM. Je lui ai pris aussi son K-way, il monte bien jusqu'au cou et cache le bas du visage. J'ai fait sortir Tartempion et je me suis engouffré dans la voiture de Marjan. Je n'y avais pas pensé, mais elle y laissait toujours une grosse paire de lunettes de soleil qui couvre complètement les yeux, genre moniteur de voile aux Sables-d'Olonne : c'était parfait.

Je me suis garé sur le parking du Calavon et suis remonté par les petites rues jusqu'à la place de la mairie. Il était encore tôt, il n'y avait pas grand monde dans les rues. Arrivé sur la place, j'ai tout de suite repéré mes deux acolytes, derrière un petit stand de rien du tout, coincé entre les légumes et un camion à pizzas, juste à côté de la descente d'escalier de la mairie. Ils avaient l'air de discuter avec le copain de Doumé, le marchand de légumes. Il leur avait fait une petite place sur son stand. Personne ne m'avait vu. Je me suis assis en terrasse à un café de l'autre côté de la place. Il ne faisait pas chaud mais bien emmitouflé et avec le soleil, ça pouvait passer. J'ai commandé, le garçon m'a apporté un grand café allongé et *La Provence*. J'ai ajusté la casquette et mes lunettes et je me suis recroquevillé sur la chaise derrière le journal grand ouvert : j'étais paré. Après toute cette esbroufe, on allait bien voir s'ils allaient les vendre, ces taraïettes.

Pendant une heure, il ne s'est rien passé, mais c'est normal. Il n'y a quasiment personne qui fait le marché à ces heures impossibles, à part les petits vieux qui ne dorment que quatre heures par nuit et qui se lèvent aux aurores pour aller acheter trois poireaux. On n'allait pas non plus demander l'impossible à Marjan et Doumé, faut pas exagérer. Je suis peut-être sévère, mais juste.

Je me suis mis sur mon téléphone en ne les quittant pas du coin de l'œil. Cela faisait quelques jours que je n'avais pas pris des nouvelles d'Andromeda. Peut-être le GPS s'était-il rebooté et allait la retrouver à quelques kilomètres d'ici. Le Ventoux, la montagne de Lure, qui sait. J'ai lancé l'application : la Terre est apparue, vue de l'espace. Il y a eu un premier zoom sur l'Europe.

« Ah ! Ça y est, on va savoir où est passée ma petite jet-setteuse », me suis-je dit.

Le zoom a continué, mais il n'est pas allé sur la France, ou même sur l'Italie. Non, il a continué lentement vers le sud-est, et au bout d'un moment, il s'est arrêté sur la Grèce. Le GPS de cette application était complètement dans les choux. Tant pis pour Andromeda. J'ai rangé le téléphone dans ma poche et me suis mis à resurveiller Doumé et Marjan.

Ça passait, devant le stand, mais ça ne s'arrêtait pas. Si vous voulez mon avis, cet emplacement qui leur était tombé des cieux, entre les haricots et la Napolitaine, ça n'était pas le top. C'était trop dans la zone « marché paysan ». Il aurait fallu être dans la grand-rue, beaucoup plus commerçante.

J'en étais là de mon petit raisonnement que, exprès pour me faire mentir, une dame s'est arrêtée devant le stand. Marjan a commencé à lui faire la causette. J'aurais bien aimé être une souris pour entendre ce qui se disait. « Oui, alors c'est fait main », ou « l'émail est réalisé avec de l'ocre de Rustrel ». À un moment, la dame a pris un des bougeoirs pour l'examiner de plus près. J'ai failli bondir sur ma chaise, je crois que j'ai fait peur à mon voisin de terrasse.

Et l'impossible est arrivé : la dame a mis la main au portefeuille et a acheté des taraïettes. Marjan était aux anges : elle les lui a mises dans un petit paquet et lui a tendu tout sourire. Ce n'était pas encore la rupture de stock, loin de là, mais quand même, je n'y croyais pas. Si on m'avait dit qu'un jour quelqu'un serait prêt à payer pour ce que j'avais fait avec mes dix doigts, je ne l'aurais pas cru. Bon, il n'y avait pas non plus de quoi s'enflammer : la chance du débutant, voilà tout. Ça m'aurait bien étonné que le Doumé et la Marjan arrivent à transformer l'essai. J'ai recommandé un americano.

On allait pouvoir vérifier ça tout de suite : un nouveau poisson tournait autour de l'hameçon. Un gros monsieur, à l'air pas très commode : Marjan lui a fait un grand sourire, elle s'est pris un vent, il n'a pas plissé les lèvres. Il ne disait pas grand-chose, il était plutôt du style « je regarde moi-même la camelote, vos boniments ne marchent pas avec moi ».

Il a pris une Taraïette, l'a soupesée et l'a tournée dans un sens puis deux. Et puis il est parti au bout de trois minutes, sans rien acheter. Exactement ce que je vous avais dit.

Après, en un mot comme en cent, ça n'a pas été la folie à London. Beaucoup de passage, peu d'arrêts. Au mieux les gens ralentissaient, marquaient le pas, mais ça n'allait pas plus loin. C'est malheureux à dire, mais ça me faisait presque de la peine d'avoir raison, quand on voyait à quel point Marjan et Doumé y croyaient. Le placier est passé. Il les a regardés, l'ami des légumes a dit quelque chose, il a regardé à côté et c'était terminé.

Sur le coup de onze heures trente, une dame s'est arrêtée. Elle a passé toutes les taraïettes en revue : je crois bien qu'elle les a toutes fait sortir à Marjan, les unes après les autres. Elle avait l'air d'une sacrée indécise. Doumé se cachait derrière Marjan, mais je l'entendais d'ici marmonner dans sa barbe : « Punaise, les rossignols sont tous les mêmes, y a que la couleur qui change, tu achètes ou tu achètes pas ? » Elle est bien restée devant le stand près de vingt minutes. La patience a fini par payer : au bout d'un temps infini, elle en a acheté quelques-unes. On ne pouvait pas appeler ça un franc succès, mais c'était mieux que rien.

Vers une heure de l'après-midi, tout le monde a plié

bagage. J'ai appelé le garçon pour régler mes americanos. Je me suis levé : le moins que je pouvais faire, c'était d'aller aider Marjan et Doumé à démonter le stand. J'ai fait un pas vers eux mais je me suis arrêté aussitôt : le gros monsieur était de retour, un grand carton avec lui. J'ai vu Doumé lui donner une à une toutes les taraïettes. Toutes, direction le grand carton. Le gros monsieur a ouvert son portefeuille, et a payé Marjan, tout grand sourire, puis est parti avec son carton sous le bras. Je me suis rassis : je n'en revenais pas. Quelle mouche l'avait piqué, le gars ? J'ai senti mon téléphone qui vibrait dans ma poche. Marjan venait de m'envoyer un SMS :

TOUT EST PARTI !!!!

## FREEBIRD
## 40°04'55"N 22°20'57"E

…

*Pour ma part, je ne l'ai vu qu'en peinture. S'il est bien tel qu'on le représente, voici ses dimensions et son apparence : son plumage est rouge et or. Pour la forme et la taille, c'est à l'aigle qu'il ressemble le plus.*

…

*Hérodote*

## 21. LE MARAÎCHER

Et c'est comme ça que tout s'est mis en place. Petit à petit, samedi matin après samedi matin. La semaine qui a suivi, je me suis encore fait un peu tirer l'oreille. Marjan y est retournée une ou deux fois avec moi, c'est elle qui a le sens du contact. Mais il n'y a rien qui ne s'apprend pas, et maintenant je vais au marché tout seul. J'arrive tôt. Je ne suis pas permanent, je n'ai pas encore assez d'ancienneté pour cela. Le placier me met au bout de la montée aux monuments aux morts. Il y a moins de passage, mais je ne me plains pas, c'est mieux que rien.

La routine de mes semaines a ensuite rapidement changé. Le lundi matin, Cavaillon. Mardi, Saint-Saturnin. Mercredi, Sault. Jeudi, Roussillon. Vendredi, Bonnieux. Et évidemment, le samedi, Apt. Toutes mes matinées y passent. Les après-midi, je continue à postuler. Le soir, après le dîner, je me mets au tour, je crée mes pièces. Je suis resté dans les taraïettes, je commence à avoir un bon coup de main, et j'ai pas mal élargi ma gamme initiale. Je n'ai pas réessayé les santons : même après ma visite à Carpentras, je préfère ne pas tenter le diable. Au final, ça fait bien deux heures de poterie par jour, les seules où je suis vraiment avec moi-même. Tous les trois jours, avant d'aller me coucher, je mets ma petite production au four. La cuisson se fait tout doucement pendant la nuit et refroidit le lendemain.

Il y a un seul hic, et non des moindres : à la fin de la semaine, même si « TOUT EST PARTI », ça ne fait pas grand-chose, en tout cas pas assez pour en vivre... Je sens un peu votre déception. Il ne faut pas. Lorsque la cuisson se termine le soir, je suis content de ma journée : j'ai fait mes taraïettes et de mon mieux pour trouver du boulot. Lorsque Doumé revient du travail, on se colle devant *Samurai Champloo* jusqu'à l'heure du dîner. Un soir sur deux, je passe ensuite chez Marjan, ou l'inverse. D'accord, ça ne fait pas rêver à Hollywood, mais moi, ça me convient très bien.

## 22. LE PATERNEL

« Tu peux remonter la couette, s'il te plaît ? J'ai froid. »

J'ai obéi : on ne discute pas avec la patronne, surtout lorsqu'on se retrouve chez elle, comme c'était de plus en plus souvent le cas. Marjan était sur son téléphone, moi sur mon ordinateur portable en train de relever la boîte mail d'Andromeda.fr. C'était devenu mon petit hobby quotidien : chaque soir, je m'occupais du site que Doumé m'avait fait la surprise de créer.

Il a l'air de rien, comme ça, vous lui donneriez le titre d'empereur des branleurs. Mais si vous arrivez à piquer son intérêt, il est capable de faire des trucs vachement bien. Il va tout chercher sur Internet, et trois jours plus tard, il revient avec quelque chose de nickel. Après, comme tout le monde le prend pour une feignasse finie, il passe à autre chose. J'aimerais vraiment qu'il trouve enfin son truc à lui.

Bref. Sur ce site il y a toujours quelque chose à faire : charger les photos de la dernière cuisson, lire ce qui avait été envoyé dans la boîte mail contact. Aujourd'hui, j'avais eu une chouette nouvelle : une école d'Avignon avait entendu parler de mes rossignols, et avait décidé d'en équiper toute sa classe de solfège pour son spectacle du 21 juin prochain. Ces élèves n'étaient pas assez expérimentés pour la flûte, leurs parents auraient à la place des chants d'oiseaux. Vingt-quatre rossignols, ça n'est pas l'eldorado, mais tout de même. Au moment d'envoyer le devis, j'ai senti qu'on m'observait. Marjan avait des yeux de renard, un sourire qui lui fendait le museau.

« Pourquoi est-ce que tu ne te mets pas à ton compte ? » m'a-t-elle demandé en glapissant du fond de son terrier.

J'en étais sûr. Elle était toujours là, à l'affût, dans l'ombre, à guetter le moindre signe d'inattention pour s'introduire dans le poulailler.

« Oh c'est pas possible, tu vas pas t'y remettre », lui ai-je balancé en refermant d'un geste sec mon ordinateur.

« Mais pourquoi ? Je ne comprends pas. Qu'est-ce que tu as à perdre ? »

La vérité était que si Andromeda.fr, c'était bien joli et que ça faisait rêver dans les chaumières, ça ne rapportait que dalle : une taraïette par-ci, un rossignol par-là, à la fin du mois, ça ne pèse pas bien lourd. Je le lui avais déjà dit et redit, mais il n'y avait rien à faire, elle ne voulait pas l'entendre. J'ai soupiré, ou j'ai levé les yeux au ciel, ou bien alors les deux ensemble, je ne sais plus.

« Je te regardais, là, en train de taper sur ton ordinateur. Tu avais un sourire jusqu'aux oreilles, qu'on ne voit quasiment jamais à part quand tu travailles sur tes poteries. »

« Tu fais chier », ai-je lâché en lui tournant le dos et en m'emmitouflant sous la couette.

« T'es vraiment trop con », a-t-elle lâché, énervée, en se levant et en allant à la salle de bains.

J'ai ouvert Freebird pour me calmer. Ça faisait quelques jours que je n'étais pas allé voir dans quelle contrée improbable Andromeda avait pu aller se fourrer. La planète bleue est apparue. La Méditerranée, l'Europe. J'ai levé un sourcil : au moins le GPS ne la localisait pas en Chine, c'était toujours ça de pris. Mais depuis la Grèce l'application est remontée petit à petit vers le nord. Pas beaucoup, mais quand même : à vol d'oiseau ça ne faisait pas rien. Au bout d'une seconde, l'application s'est stabilisée : la Hongrie, je crois. Décidément, chez FreeBird, le responsable des données GPS avait du souci à se faire.

Marjan est sortie de la salle de bains et est revenue dans le lit. Elle avait les pieds glacés. Je me suis retourné de son côté : on n'allait quand même pas s'endormir fâchés.

« Je viens de regarder FreeBird. L'appli situe Andromeda en Hongrie. C'est vraiment n'importe quoi cette application. »

« Tu sais pas, peut-être qu'elle a envie de découvrir de nouveaux horizons. Tout le monde n'a pas peur de prendre son envol. »

Ça se voyait surtout que tout le monde n'avait pas envie de faire la paix. J'ai fait comme si je ne comprenais pas le message. Marjan est restée silencieuse un moment. Elle cherchait à attraper mon regard, mais je faisais semblant d'être absorbé par FreeBird. C'est fou ce que ça peut être passionnant, la Hongrie.

« Tu sais, j'ai bien réfléchi. »

Silence. Et puis elle a continué :

« Entre un gars frustré qui se fait chier pour un salaire de misère et un gus complètement fauché mais qui s'éclate dans ce qu'il fait, je préfère le second pour le père de mon enfant. »

Elle m'a pris le téléphone des mains.

« Je te le redis : je préfère quelqu'un qui s'éclate pour celui ou celle que j'ai dans le ventre. »

## FREEBIRD
## 47°29'53.8"N 19°02'20.0"E

*Cela faisait six générations que le grand Attila était parti, et les descendants des Huns hésitaient toujours sur le lieu où s'établir. Nomades dans l'âme, leurs conquêtes étaient si immenses qu'ils avaient l'embarras du choix. Leur chef Ugyek était très malheureux : sa femme Emese ne lui offrait aucune progéniture. Elle priait chaque jour les dieux pour un enfant mais personne n'exauçait ses prières.*

*Un songe vient un soir toquer à la paroi de ses paupières. Emese voit Attila chevaucher à la tête d'un groupe de guerriers Huns, et avec lui un tout jeune homme. Pour elle, cela ne fait aucun doute : il s'agit de son futur fils. Attila porte un large étendard où figure un oiseau de proie. C'est le Turul, un oiseau mythique qui niche avec les enfants à naître au sommet du Világfa, l'arbre-monde. Depuis l'étendard, le Turul se matérialise : il prend son envol pour atterrir près de la couche d'Emese et loge sa tête contre ses seins. De l'eau sort du sein droit d'Emese : c'est un ruisseau, puis une rivière, puis un fleuve. À son réveil, Emese court annoncer la bonne nouvelle à Ugyek. Car elle en est convaincue, le jeune homme et le fleuve sont des symboles prémonitoires. Elle va bientôt avoir un enfant, et cet enfant guidera son peuple vers une terre d'accueil, près d'un cours d'eau. Neuf mois plus tard, on entend dans les steppes les cris du nouveau-né Álmos, « celui dont j'ai rêvé ».*

*De longues années ont passé, Álmos a grandi et il est devenu celui qu'il était prédestiné à être. Il hésite cependant : où aller, où mener les Huns ? Chaque jour qui passe, il croise le regard de son peuple et ne sait quelle réponse lui apporter. Aller encore plus à l'est ? Ou monter au nord ? Une nuit, il se retire sous sa yourte et comme sa mère se met à rêver. Il voit un large troupeau de chevaux paître dans la steppe, et des vautours soudain les attaquer. Ils arrivent à diviser le troupeau et à isoler les poulains. Mais le Turul apparaît de nouveau dans les cieux, prend la défense des poulains et affronte les agresseurs. Une fois l'attaque déjouée, il prend les chevaux sous sa protection et guide le troupeau vers le soleil qui se couche. Pour Álmos, le message est clair : les chevaux représentent le peuple magyar, descendant des Huns, et les vautours sont les Petchénègues, leurs ennemis de toujours. Il faut partir, et prendre la direction qu'a indiquée le Turul.*

*Des années encore plus longues ont passé. Les Magyars ont franchi les steppes, mais ne se sont jamais fixés. Ils continuent à errer, encore et toujours. Ce soir de 896 ap. J.-C., Álmos regarde autour de lui : cette berge près de ce long fleuve semble un excellent endroit, mais pourquoi ici plutôt qu'ailleurs ? Son âme de nomade hésite. Il s'endort sous sa yourte, et voilà que le Turul lui rend une dernière visite. L'oiseau majestueux descend des cieux et dépose un glaive sur la berge du fleuve majestueux : ce sera Budapest, à côté du Danube.*

## 23. LE LOCATAIRE

« C'est vrai qu'il faut reconnaître que c'est plus spacieux, plus aéré », a dit Marjan en ouvrant grand les bras, comme pour mesurer la distance d'un mur à l'autre.

« Non mais c'est évident, y a plus de place, beaucoup plus de soleil. C'est beaucoup plus agréable à vivre, et même pour travailler, y a pas photo », a enchaîné Doumé, montrant les fenêtres, le possible ensoleillement et la luminosité.

Je vois votre grand sourire : ça y est, Marjan lui a mis le grappin dessus, ils emménagent ensemble. Les deux frangins à Rustrel, c'est terminé. Eh bien, vous avez encore tout faux : sur cette affaire, il nous reste encore sept mois pour nous organiser.

« Et puis l'agencement est parfait, là, tu as la salle d'exposition pour montrer tes pièces, recevoir les clients, et ici, derrière, ce petit local pour travailler tranquille, à l'abri des regards. Dans ce coin on met le four, et dans celui-là, le tour. »

Eh oui. Au bout de deux semaines de lobbying intensif, le sanglier avait fini par céder. J'avais dit oui, je m'étais incliné devant Doumé et Marjan. On n'avait pas particulièrement sabré le champagne, comme dans les films quand ils créent leur start-up. Loin de là : j'avais dit oui du bout des lèvres, et encore, on va voir à l'essai, et c'est bien parce que c'est vous, et quand ça foirera, parce que ça foirera, je ne veux plus en entendre parler, que ce soit bien clair. Du coup, on visitait un local où installer la poterie Andromeda. Évidemment, c'était le nom qu'on avait retenu.

« C'est vrai que cette arrière-boutique, là, en atelier, c'est quand même bien », a reconnu Marjan.

Cela faisait quelques jours que nous écumions les petites annonces, en cherchant la perle rare pour pas cher. Tout un chacun y allait de son avalanche de critères. Marjan insistait sur « le passage » : il faut que les gens passent devant, voient tes réalisations, que ça leur donne envie d'entrer et d'acheter. Pour Doumé, lui, c'était la fonctionnalité : tu vas avoir des livraisons, des chargements, il faut que tu aies la place de te retourner. Et tout ça, c'était bien sûr sans oublier mon troisième larron, le fidèle Tartempion toujours au poste. Pour lui, ce qu'il ne fallait surtout pas oublier, c'était le confort : « On ne fait pas du bon travail dans de mauvaises conditions. »

L'application stricte de ces trois critères avait donné deux résultats de recherche, que nous visitions aujourd'hui. Le premier était un petit local dans le vieil Apt, juste sous le beffroi de la cathédrale.

« C'est l'endroit le plus pittoresque de la ville, c'est parfait, ça ajoutera beaucoup de charme à ton travail. Et en plus c'est une rue très commerçante, il y a du passage tous les jours, et encore plus les jours de marché. C'est super », plaidait madame trente millions d'amis.

Ce n'était pas l'avis de Doumé : local trop petit, rue trop exiguë, ça n'était pas bien, mais alors là, pas bien du tout. Ça ne serait bon qu'à attirer les touristes, et dans sa bouche, c'était loin d'être un compliment. Non, lui préférait, et de loin, le second choix, celui où nous étions actuellement : sur la place du Septier, une placette tranquille, un peu à l'écart, typiquement provençale avec sa jolie fontaine et un beau platane. Doumé continuait à souligner les avantages de l'emplacement, et Marjan semblait se laisser convaincre de mauvaise grâce. Je les écoutais d'une oreille : de l'autre, j'entendais surtout le *cling* du montant du loyer, qui n'était pas franchement donné. Marjan m'avait rebattu tant et tant les oreilles là-dessus, en me disant qu'il fallait le voir comme un investissement, un coût utile. Moi, je le voyais surtout en mois d'économies Monsieur Bricolage, en indemnités chômage, et pour finir en nombre de taraïettes. Un véritable gouffre. Je regardais le ventre de Marjan qui allait commencer à s'arrondir, et je me disais qu'on était en train de faire une belle boulette.

Au bout d'un moment, le silence m'a sorti de mes calculs. Mes deux conseillers immobiliers me regardaient, les yeux interrogateurs et la bouche ouverte :

« Alors… Tu décides quoi ? Tu prends lequel ? »

J'avoue que je n'en avais aucune idée.

« On… on en parle d'abord à Tartempion ? » leur ai-je répondu.

## 24. L'EXILÉ

Il ne devait pas être plus de dix heures, j'avais dormi à la maison cette nuit et Doumé était déjà parti depuis longtemps. Il n'y avait que Tartempion sur son canapé, la tasse de café et moi. Je sirotais mon breuvage devant mon écran d'ordinateur, tout en lisant mes mails. Je venais de recevoir la proposition de la banque, le taux qu'elle proposait pour l'emprunt, l'échéancier de remboursement. Même si on avait prévu de rester locataires, que j'avais déjà le tour et le four, il y avait quand même encore pas mal de petit matériel, d'outils, du mobilier et quelques machines qui restaient à acheter. Mis bout à bout, ça faisait de l'argent, tout ça. Pas mal d'argent.

Je faisais défiler le document avec la souris, et le moins que l'on puisse dire, c'est que j'avais le moral dans les chaussettes. Certains l'auraient vu comme du capital bien investi mais moi c'était plutôt « mais comment est-ce que je vais bien pouvoir faire pour rembourser tout ça ? ».

« Tu vois tout du mauvais côté, comme d'habitude », a miaulé Tartempion.

Tu parles, Charles. Marjan s'était portée caution solidaire, c'était la seule raison pour laquelle la banque avait accepté de signer cet emprunt. Et moi, ça me donnait des sueurs froides.

Mon téléphone s'est mis à sonner. Numéro inconnu au bataillon : j'ai laissé faire. Deux minutes ont passé, pendant lesquelles mes yeux ont fait le va-et-vient entre mon emprunt bancaire et mon écran de téléphone. Et puis il y a eu un

*Ding!* qui ne laissait pas de doutes : nouveau message sur le répondeur.

> *Oui bonjour, c'est Jacques Ballarin, faïencier près d'Embrun, dans les Hautes-Alpes. Vous m'aviez écrit il y a pas mal de temps déjà, vous m'expliquiez que vous n'aviez pas de formation dans la poterie, mais que vous vouliez apprendre le métier auprès de quelqu'un. Que vous étiez prêt à ne pas être payé, à être apprenti « gratos ». Bon, j'avais gardé votre courrier en me disant que c'était dommage, un jeune qui veut travailler gratos, et qui arrive pas à trouver. Je viens d'avoir une grosse commande pour un client américain, tout un service au grand complet, plus de 150 pièces. Donc je cherche quelqu'un pour m'épauler. Je sais bien que vous n'avez pas de formation, mais ça me va, je cherche quelqu'un qui soit humble et qui ait envie d'apprendre. Je vous paierai par contre, parce que tout travail mérite salaire. Euh, voilà, si vous êtes toujours disponible, vous pouvez me rappeler au 04.90.47.60.69 pour en discuter. Bonne journée.*

J'en aurais pleuré. Vraiment. Je l'avais tellement voulu, ce coup de fil. Je lui avais écrit un jour de désespoir, où je n'en pouvais plus des candidatures débiles, et j'avais trouvé ce gars en épluchant les Pages jaunes. Et ça arrivait maintenant, au moment précis où ça n'allait plus être possible. Le monde est vraiment mal fait, je vous jure.

J'ai regardé sur mon téléphone la distance entre Rustrel et Embrun. Deux heures trente. Faire le trajet tous les jours, impossible. Y aller pour la semaine, revenir le week-end : pas raisonnable, avec Marjan enceinte et tout ce qui allait nous tomber dessus. Oui, le monde était mal fait.

« De quoi te plains-tu ? m'a dit Tartempion depuis le canapé. Tu es arrivé exactement là où tu voulais par un autre chemin, c'est pareil, c'est même mieux. »

« Ce genre de gars, ce sont des puits de science. Tu travailles avec eux, tu apprends à leur contact. Et moi je vais rester là tout seul dans mon coin, dans ma petite boutique, à faire mes taraïettes à deux balles. »

Avec un emprunt sur le dos et pas de client, de quoi il allait avoir l'air le futur papa ? Et est-ce que ce serait mieux avec du boulot mais à deux heures d'ici ? Dieu que c'est compliqué la vie.

Comme un réflexe, je suis allé sur FreeBird. Pour penser à autre chose. Pour me détendre. La planète est apparue, a tourné sur elle-même puis ralenti sur l'Europe, qu'elle a finalement dépassée pour arriver jusqu'au rivage de l'autre côté de la mer Noire, en Russie. N'importe quoi.

## FREEBIRD
## 43°21'18"N 42°26'21"E

*Il y a bien longtemps, en Russie, vivait dans un village isolé une jeune orpheline, du nom de Maryushka. Elle réalisait des travaux de broderie de toute beauté, dont tous les villageois vantaient les mérites. Le bûcheron voulait une meilleure chemise ? Le meunier, un nouveau bonnet ? Le boulanger, un plus grand tablier ? Tous s'adressaient à Maryushka. Elle n'en tirait ni gloire ni fortune : non, elle prenait seulement ce que l'acheteur lui offrait. Et lorsqu'il n'avait rien, elle lui faisait crédit. Le peu qu'on lui donnait lui suffisait.*

*Très vite, ses écharpes de soie ou ses foulards multicolores lui firent une belle réputation, et des marchands venaient des quatre coins du monde pour se procurer ses articles. Ils n'avaient jamais rien vu d'aussi beau et voulaient s'en procurer de grandes quantités à prix d'or. « Repars avec nous pour les défilés de Moscou », « rejoins mes ateliers à Saint-Pétersbourg », lui demandaient-ils, encore et encore. Ils lui proposaient de tripler, quintupler le prix qu'ils étaient prêts à payer si elle les suivait. Mais non, rien n'y faisait : elle refusait de quitter son village. Ses parents y étaient morts dès son plus jeune âge ; ils y étaient enterrés, et Maryushka ne voulait pas s'en éloigner. Richesse ou gloire, elle refusait tout, poliment, en baissant les yeux, avant d'ajouter à voix basse comme pour s'en excuser :*

*« Mais je suis heureuse de vendre mon labeur à qui que soit, du moment qu'il le trouve à son goût. »*

*Les marchands comme les habits partaient du village, et les premiers comme les seconds devinrent ses plus grands ambassadeurs. Sa réputation dépassa les steppes, puis l'Oural, avant d'arriver aux oreilles de Kaschei l'Immortel, un sorcier bien méchant. La convoitise le prit. Comment était-ce possible, lui qui avait tout et un peu plus que tout, de ne pas posséder le talent de Maryushka pour sa garde-robe ? Kaschei l'Immortel modéra son envie et prit forme humaine. Un beau garçon au charme fou, Maryushka n'y résisterait pas. Il arriva au village et demanda l'adresse de son échoppe. On la lui donna sans poser de question : Maryushka était devenue la petite célébrité du coin, nombreux étaient les marchands qui venaient de loin pour la rencontrer. Il frappa à sa porte et demanda à voir sa plus récente production. Maryushka étala devant lui ses châles, ses foulards et ses étoffes, avec chaque fois le même discours : « Ce que tu aimes, prends-le pour le prix qui te semble juste, et si tu ne peux payer maintenant, eh bien tu me paieras plus tard. » Un tel discours enchanterait plus d'un ; mais il énerva au contraire Kaschei l'Immortel au plus haut point. Comment cette petite orpheline pouvait-elle produire de telles beautés et les offrir ainsi au premier venu ? Comment était-ce possible, alors que sa plus grande sorcellerie n'y arrivait pas ?*

*« Viens avec moi, Maryushka, dans mon palais rempli de richesses et de merveilles. Tu mangeras du soleil et tu dormiras dans les nuages, tu marcheras dans un verger où des oiseaux de paradis chantent les chansons les plus douces et où des pommes d'or poussent en quantité. » Maryushka lui*

*répondit comme à son habitude que ni les richesses ni les merveilles ne l'intéressaient ; elle ne souhaitait pas aller dans ce palais ; au contraire, elle voulait rester dans son village, là où ses parents étaient morts. « C'est ici que mon art prend sa source ; dans ton lointain palais, il ne ferait que s'y éteindre. » Aussitôt qu'il entendit ces paroles, Kaschei l'Immortel se mit dans une rage folle et donna libre cours à sa colère. « Puisque tu souhaites tant rester dans ton petit nid douillet, tu mérites d'être un oiseau et non pas une jeune fille ! » cria le sorcier.*

*Et il transforma Maryushka en jar-ptitsa, une oiselle de feu aux plumes rouge sang et jaune argent, si délicate qu'un rien pourrait la briser. Il changea son enveloppe corporelle de jeune homme au profit d'un grand faucon noir. En un instant, le faucon se saisit de l'oiselle de feu dans ses serres et prit son envol pour retourner dans son palais. Maryushka sentit sur son corps l'étreinte des serres d'acier et alors que la taïga se mit à défiler sous elle, imagina un moyen pour ne pas disparaître complètement, pour laisser au moins un souvenir d'elle aux habitants du village. D'un coup de bec, elle arracha à son plumage une de ses plus jolies plumes, aussi magnifiques que les châles qu'elle avait pu tisser, et la jeta au sol. Maryushka envoya à chaque kilomètre une nouvelle plume et, alors que la distance la séparant de son village grandissait, sentit la vie la quitter peu à peu.*

*Les Russes disent que ses plumes résistent à tout. Au soleil, à la pluie, à la neige et plus encore, elles résistent au temps. On dit aussi que seuls ceux qui savent apprécier la beauté sans rien demander en retour peuvent les voir au cours de leurs balades dans la forêt. Ils savent les regarder sans les toucher, et ne cherchent pas à les ramener avec eux.*

## 25. LA COLOCATAIRE

*Où sont mes potes qui glandaient devant la télé*
*Les boîtes de pizza les paquets de chips éventrés*
*Les mégots de cigarettes écrasés dans les assiettes*

Bénabar, *Y a une fille qui habite chez moi*

« Oh t'abuses, je t'ai demandé de mettre de la musique, pas d'instruire mon procès », a plaisanté Marjan depuis la cuisine.

Doumé s'est marré et a changé de morceau : Tryo a pris la place. Les valeurs sûres. On l'avait invité dans notre nouveau chez-nous, pour une petite pendaison de crémaillère. Enfin, chez nous, c'est beaucoup dire : j'avais juste emménagé officiellement chez Marjan, à Gargas. Ça me faisait bizarre de voir mon frère ici, assis dans notre canapé avec une Kro à la main, comme une pièce rapportée dans un nouvel environnement.

J'avais quitté pour de bon Rustrel quinze jours plus tôt. On avait souri, mais quand même, grosse boule au fond de la gorge. Le sentiment qu'une page se tourne, que ça ne serait plus jamais pareil. Les parents. *Les Chevaliers du Zodiaque* quand on était gosses. La coloc entre frangins. Les raviolis et *Samurai Champloo*. La musique matinale. Le canapé.

« Bon allez, t'as maintenant toute la place pour recevoir toutes les filles que tu veux », lui avais-je dit en tentant de faire un brin d'humour, histoire de dédramatiser un peu.

C'était d'autant plus vrai que j'avais pris Tartempion avec moi. On avait longtemps pesé le pour et le contre : le laisser à Rustrel avec Doumé, ou l'emmener chez Marjan ? On avait fini par lui demander son avis, et il nous avait répondu de but en blanc, sans hésiter.

Donc, cela faisait quinze jours que je n'avais pas revu Doumé. On l'avait invité pour la soirée, histoire qu'il voie un peu où son frangin habitait. On lui avait dit on t'invite, tu nous dis ce que tu veux manger et on s'occupe de tout. Il avait répondu raclette, en plein mois de mai. Il ne faut pas chercher à comprendre, c'est Doumé.

« Allez, tchin-tchin tout le monde, a dit Marjan en revenant de la cuisine et en s'asseyant à côté de moi. Servez-vous, et après on passe à table. » Sur la table basse, elle avait mis des petites Knackis enroulées dans de la pâte feuilletée et des toasts Kiri/ciboulette. J'en ai pris une, presque à regret : j'avais passé deux heures à les préparer.

« Eh oh minute, avant de trinquer, j'ai un petit cadeau pour vous », a dit Doumé en se levant. Il était arrivé avec une grande caisse qu'il avait posée l'air de rien dans l'entrée, cela faisait trente minutes que Tartempion reniflait autour.

« Qu'est-ce que c'est ? » ai-je demandé, de manière très originale.

« Ben ouvrez-le, et vous verrez bien. »

On s'est levés avec Marjan, et on a soulevé les battants de la caisse. Marjan a étouffé un cri. Il y avait à l'intérieur un oiseau empaillé. Un gros rapace, les ailes à moitié déployées, prêt à prendre son envol.

« Je l'ai trouvé sur Leboncoin. Ça faisait un petit bout de temps que j'avais mis des alertes, et poum, un mec du côté de Nîmes l'a mis en vente il y a une semaine. Je suis allé le chercher dimanche dernier. »

On s'est regardés avec Marjan ; ses lèvres bredouillaient à son intention un « oh, mais tu n'aurais pas dû », mais ses yeux me criaient : « Hors de question que l'on mette ça chez nous. »

Tartempion inspectait le nouveau venu avec des narines et des yeux écarquillés, le reniflant comme un berger allemand aux douanes. Doumé n'était pas peu fier de sa trouvaille.

« Ben oui, comme vous vous êtes rencontrés par Andromeda, je me suis dit que ça serait une bonne idée, un aigle chez vous... »

« Non, vraiment, tu n'aurais pas dû », l'a coupé avec un sourire crispé Marjan.

Ce qu'il y a de bien avec la raclette, c'est que vous vous ennuyez pas avec le service. Chaque fois, vous pouvez varier les plaisirs : vais-je m'offrir un petit combo fromage/jambon de montagne/cornichons/pomme de terre ou, soyons fous, faire griller un peu d'andouille avec le fromage, et rajouter un œuf de caille ? Moi, ces questions m'absorbent, impossible de décider, mais heureusement ce n'était pas le cas de Marjan, Doumé et Tartempion, qui étaient là pour assurer la conversation.

« Et alors, cette grossesse, ça se passe bien ? » a demandé mon frère tout en se resservant des cornichons.

« Oui, tout va bien, c'est pas trop gênant pour le moment. Nous avons rendez-vous chez le docteur la semaine prochaine, justement, pour faire un suivi. »

« Vous allez chez qui ? »

« Chez le docteur Collin. »

« Punaise, il est toujours en activité ? Il ne doit pas être loin de la retraite, non ? »

Pour ceux qui ne le connaissent pas, le docteur Collin est une institution, il a soigné la moitié du Luberon. Il est très facile à trouver : son cabinet est rue du Docteur-Collin (qui désigne ici son père, eh oui, les chiens ne font pas des chats). C'était le médecin de famille de Marjan, et même s'il n'était plus tout jeune, elle avait voulu rester avec lui. On ne m'avait pas demandé mon avis mais moi, ça m'allait très bien.

« Et l'atelier de poterie, ça avance ? Tu en es où ? »

« Eh bien j'ai refait toutes les peintures et la semaine prochaine, y a un ébéniste qui vient pour les aménagements. J'ai envie de longues étagères sur le mur pour présenter les pièces, et puis aussi d'un petit comptoir, à côté de la porte, pour encaisser les clients, s'il y en a. »

« T'aurais dû me le dire, on aurait pu le faire ensemble. »

Ce n'était pas faux, j'y avais songé. Mais je m'étais dit que si on le faisait tous les deux, ça sentirait l'amateurisme, les gars qui ont leur carte de fidélité chez Monsieur Bricolage. Je voulais que ça fasse vraiment professionnel. Que les gens voient une pièce de poterie bien exposée et qu'ils fassent « ouah », pas qu'ils passent juste devant et pensent à autre chose en même temps.

« T'inquiète pas, y aura d'autres occasions de mettre la main à la pâte », ai-je répondu à Doumé.

« Tu fais toujours les marchés et le site internet ? Tu as prévu d'ouvrir quand ? »

Ça, c'était la question que je me posais tous les matins. Aux dernières nouvelles, l'atelier devait être prêt dans trois semaines, un mois à tout casser. En attendant je continuais de faire les marchés et de tenir le site internet, ça rapportait ce que ça rapportait, c'est-à-dire pas bézef. L'autre jour, une personne m'avait demandé une théière : c'est une pièce difficile à faire en poterie, j'avais dû m'y reprendre à plusieurs fois avant d'arriver à quelque chose qui tienne la route. Je lui ai demandé comment ça allait, à La Poste.

« Oh, en ce moment, pas fort, et tout ça c'est à cause du gouvernement. »

J'ai mis sur le gril une double ration de fromage : la conversation était partie pour durer.

« Oui, face à la baisse de volume du courrier, ils veulent changer le statut de La Poste, c'est un premier pas vers la privatisation. »

Mon fromage commençait à fondre doucement.

« De toute façon, tous les bureaux des villages vont se faire sucrer. Rustrel, Saignon, Saint-Saturnin : tout ça, ce sont des plans sociaux en suspens. Y aura seulement un gros centre de tri à Apt, voire juste à Avignon, et le service public, aux oubliettes. »

Mon fromage était arrivé à point. Vous me trouvez peut-être sans cœur, mais ce n'était pas la première fois que j'entendais ce discours, loin de là. Et je ne me faisais pas trop de soucis pour Doumé : en tant que délégué du personnel, il était à l'abri. Mon cher frangin a donné un bout de charcuterie à Tartempion et a ajouté :

« Ah toi tu ne connais pas ton bonheur, je peux te le dire. Être son propre patron, y a que ça de vrai dans la vie. »

## 26. LE DOCTEUR

« Allez, les futurs parents, c'est à nous. »

C'est ça qui est bien chez le docteur Collin : on n'attend pas, il sait gérer ses rendez-vous. À peine on s'était assis dans la salle d'attente que hop ! la porte s'est ouverte, le docteur a dit au revoir au précédent patient, et nous a invités, les bras grands ouverts, à le suivre.

Rentrer dans le cabinet du docteur Collin, c'est comme faire un voyage dans le temps. C'était le bureau de son père. Les bibliothèques ont soixante ans. Comme les lampes, les sièges, les encyclopédies. Vous avez l'impression que vous allez voir Pompidou se lever d'un fauteuil pour vous parler du canal de Suez ou du choc pétrolier.

Nous y allons une fois par mois pour surveiller la grossesse de Marjan. J'ai parfois l'impression d'être aussi utile qu'une plante verte, mais Marjan me dit que cela lui fait du bien, qu'elle a le sentiment d'être soutenue. Nous allons aussi ensemble à la gym douce de la MJC. La gym suédoise que ça s'appelle : des activités avec des ballons et des tapis sur du *Ace of Base*. J'avoue que je n'y suis pas particulièrement dans mon élément, mais bon. Pendant que Marjan se fait examiner dans la pièce d'à côté, je reste bien sage dans le fauteuil, à rêvasser. Les voilà qui reviennent déjà.

« Bon, eh bien tout va bien, hein, tout cela suit son cours le plus naturellement du monde, il y a toutes les chances que nous ayons un beau bébé qui arrive dans de bonnes conditions. »

« Si ce n'est pas indiscret, docteur Collin, quand est-ce que vous comptez prendre votre retraite ? » ai-je demandé par curiosité. Avec sa bedaine grosse comme une barrique de beaujolais, toujours cintrée de deux belles bretelles, sa moustache qui ferait pâlir d'envie José Bové, ses petites lunettes rondes et rouges, il m'a répondu en souriant :

« Oh, vous n'êtes pas le premier à me poser la question, va. Figurez-vous que je ne demande que ça, moi, de prendre ma retraite. Ça n'est pas l'envie qui m'en manque, j'ai un chalet dans le Dévoluy, on ferait avec ma femme moitié-moitié, un peu ici, un peu là-bas, la vie serait parfaite. J'ai plus que l'âge, j'ai cotisé tous mes semestres. »

Il nous a regardés, on l'a regardé. On attendait la suite.

« Si je ne prends pas ma retraite, c'est à cause de gens comme vous. Ou plutôt pour des gens comme vous. Impossible de trouver un successeur, un remplaçant. Quand j'étais jeune, une clientèle bien établie, on sautait dessus. Aujourd'hui, ça n'intéresse plus personne. Soigner les petits vieux dans une ville où il ne se passe jamais rien, ça ne fait pas rêver les foules. Le Luberon est en train de devenir un désert médical. C'est triste à dire, mais si je n'étais pas là, celui ou celle que vous avez dans le ventre, Marjan, eh bien il n'y aurait personne pour surveiller que tout se passe bien. Il vous faudrait aller à Aix, ou à Avignon, à une heure de voiture. De toute façon, on s'est mis d'accord avec ma femme : encore six mois, et puis j'arrête, remplaçant ou pas remplaçant. »

Marjan m'a regardé avec de grands yeux, et j'ai compris : six mois, c'était pile la date prévue pour l'accouchement. On n'avait pas intérêt à traîner en route.

## 27. LE DÉBUTANT

« Alors, comment ça s'est passé ? »

Je me suis senti devant Marjan comme un petit écolier le soir de sa première rentrée scolaire, avec son petit cartable et ses habits neufs, que sa maman vient chercher à dix-sept heures.

Les travaux avaient été terminés il y a une semaine : peintures refaites, étagères et présentoirs sur mesure. On avait transformé ce qui était une arrière-boutique en un atelier, un peu caché et plutôt cosy. Marjan et Doumé m'avaient suggéré de mettre le tour à la vue de tous, pour que les gens puissent me regarder travailler. Je les avais envoyés bouler : Andromeda, ça n'allait pas non plus être Disneyland. J'avais besoin d'un endroit calme, loin du regard des uns et des autres pour créer mes pièces. Le four était bien dans son coin, à croire qu'il avait été fait pour y être. Pour le tour, ça avait été pareil, mais avec un son de cloche légèrement différent : vous le regardiez se lancer, on aurait dit un vinyle que l'on vient de découvrir au fond d'un grenier et qui se met à tourner. Au début, incrédule à l'idée de servir encore à quelque chose, et très rapidement, impatient de ressortir les tubes qui avaient fait ses beaux jours.

Cerise sur le gâteau, il y avait aussi un tout petit cagibi, qu'on avait transformé en séchoir : il est important que les pièces puissent reposer tranquillement, sans être dérangées par des allées et venues.

Pour la boutique, j'avais laissé Marjan à la manœuvre :

elle avait travaillé avec l'ébéniste sur les agencements : très épurés, assez sobres, du cèdre qui s'effaçait sous les pièces et qui embaumait. On avait eu du bol. D'habitude ce type de bois n'est pas donné, nous avait dit l'artisan, mais le Parc du Luberon avait monté un circuit court de distribution avec une scierie à Villars, et on avait pu se l'offrir. Y a pas de petit plaisir. Du parquet par terre, assez chaud et qui absorbait les bruits, beaucoup mieux que du carrelage. En entrant dans la pièce, il y avait une grande table ovale dont les gens pouvaient faire le tour. J'y avais mis un service à thé, qui m'avait bien pris trois semaines de boulot : huit tasses avec sous-tasses, une théière et un sucrier. Doumé m'avait dit que c'était une erreur : plus personne n'achète au grand complet un service à thé. Tant pis, il fallait bien commencer par quelque chose.

Sur le mur de droite, on avait fixé les longues et fines étagères, très discrètes : Marjan y avait mis les taraïettes, de la plus grande à la plus petite, bien alignées comme des poupées russes. Ça faisait un bel effet de style, qui les mettait en valeur.

Sur le mur de gauche, dans l'angle, l'ébéniste avait conçu un grand comptoir, à mi-chemin entre une bibliothèque et un bar à cocktails. On y avait mis la caisse enregistreuse, mais aussi des livres sur le Luberon, l'ocre ou la poterie. Tous ceux qu'on m'avait offerts depuis des années à Noël ou aux anniversaires dans l'espoir que je me lance un jour. Sur le comptoir, il y avait bien en évidence trois grands emplacements vides.

« Pour de belles pièces, des réalisations qu'on ne vend nulle part ailleurs, des ovnis. C'est pour les gens qui ne savent pas ce qu'ils veulent, qui trouveront ce qu'il y a sur la table ou sur les étagères trop commun. Tu ne sais pas encore ce que tu vas créer, ni pourquoi ni comment, mais quand ce sera fait, ça ira là. Ces pièces rempliront l'espace d'elles-mêmes », avait dit Marjan. Puisque tu le dis, avais-je répondu.

Et voilà pour le tour du propriétaire. Vu que je suis tout seul, il n'y avait pas eu non plus une masse de normes à respecter. Ça m'a fait un peu bizarre ce matin, en ouvrant la porte, en sentant l'odeur de l'argile et du cèdre. J'ai allumé les lumières, passé la serpillière et me suis vite réfugié dans l'atelier. J'avais un peu peur de poireauter tout seul comme un gland dans la boutique mais à vrai dire je n'en ai pas eu le temps. À peine avais-je enfilé mon tablier que j'ai entendu toquer à la porte. Pour un peu, j'aurais dit pas moyen d'être tranquille dans ce foutu pays.

Sauf que ce n'était pas un client, mais une voisine. Il y a un salon de thé juste à côté, aux beaux jours ils mettent leurs tables et leurs chaises tout autour du platane et de la fontaine. Parce que oui, j'ai oublié de vous dire, entre le beffroi de la cathédrale et la place du Septier, j'ai choisi la place du Septier. Moins à l'étroit, et plus sympa. Moins passant aussi, dirait Marjan, mais tant pis.

« Bonjour ! Je suis la propriétaire du salon de thé, là, juste à côté. Je voulais vous souhaiter la bienvenue au nom du quartier, c'est toujours chouette qu'un commerce s'installe, ça rend la place plus vivante. »

J'ai dit merci, c'est gentil, on a discuté cinq minutes, mais bon la dame a rapidement compris que moi et la conversation, ça faisait deux.

« Je vous ai apporté un petit panier de viennoiseries, histoire de marquer le coup. J'espère que les chaises et les tables autour de la fontaine ne vous gênent pas, n'hésitez pas à venir nous le dire sinon. Encore bienvenue, et si vous avez besoin de quoi que ce soit, y a pas de souci. »

Elle est partie, j'ai remis mon tablier et tout à coup je me suis senti bien seul. L'instant tant redouté était arrivé. Attendre le client sans avoir rien d'autre à faire. Le silence et rien d'autre. Les taraïettes ne disaient rien, le service à thé non plus. Ça n'était pas facile. J'ai dégluti, ça a fait pire que le bruit d'une fanfare dans le silence de l'atelier. J'ai pensé à l'emprunt, et je me suis dit que ce n'était pas comme ça que j'allais le rembourser. J'ai courageusement battu en retraite et suis retourné dans l'arrière-boutique : mon meilleur ami le tour m'attendait avec impatience. Je m'étais mis en tête de me lancer dans une collection d'assiettes, un peu dans les mêmes coloris que le service à thé.

Les heures suivantes, personne n'est entré, aucun client n'est venu regarder, genre l'air de rien. J'étais sur le tour, à essayer de faire mes assiettes, mais le cœur n'y était pas. À midi, j'ai hésité : Marjan m'avait fait un sandwich, cela valait-il le coup de fermer pour la pause déjeuner ? Ou bien devais-je rester ouvert, dans le cas d'une improbable visite ? Je suis resté ouvert, et ça n'a servi à rien. Personne.

L'après-midi a défilé comme le matin. Vers seize heures, j'étais en train de fignoler une assiette lorsque j'ai cru entendre la clochette sonner. À force de tant le vouloir, je l'avais peut-être rêvé, comme les mirages d'oasis dans le désert. Je me suis levé et j'ai jeté un coup d'œil dans la boutique. Surprise : il y avait trois personnes. Un couple et un petit garçon. Les bras m'en sont presque tombés. Je me suis essuyé les mains sur le tablier et suis rentré dans la pièce.

« Je fais tout en faïence », leur ai-je balancé comme ça, à brûle-pourpoint. Je n'ai rien trouvé de mieux, que voulez-vous. La maman m'a regardé en acquiesçant de la tête mais avec des yeux qui voulaient dire « tu m'en diras tant ». J'étais tellement content de voir des gens entrer dans ma boutique que je crois bien que je leur ai fait peur.

J'ai opéré un repli stratégique derrière le comptoir : soyons neutre. L'option helvétique me semblait tout à coup la meilleure. Le petit garçon a tout de suite lorgné du côté des rossignols ; la maman regardait mes bougeoirs ; le papa avait l'air de s'ennuyer ferme. Des touristes qui avaient posé une petite semaine en juin, ça sentait les Parisiens à plein nez.

« Maman, on peut acheter un pipeau ? Oh s'il te plaît, dis oui », a demandé le petit garçon.

« Euh… ça coûte combien ? » s'est-elle informée à voix basse. Je lui ai indiqué le prix.

Il y a eu ensuite des conciliabules, des messes basses. Le papa est intervenu : je crois bien qu'il a demandé si ça faisait du bruit ce machin-là. Avisé, le touriste. Tartempion ou un conseiller marketing à la langue bien pendue se serait invité dans la conversation en disant que n'ayez crainte, ça ne fait vraiment pas beaucoup de bruit (ce qui est particulièrement faux), que ça sonne bien à l'oreille (ce qui est vrai), et en précisant que pour deux achetés, le troisième est offert. Au lieu de ça, j'ai regardé mes pieds et j'ai battu en retraite dans l'atelier : autant les laisser tranquilles. S'ils voulaient acheter, ils savaient où me trouver, n'est-ce pas ? Au bout d'une minute, j'ai entendu un gentil « au revoir » par-dessus le mur et ce fut tout.

« Et voilà, tu as voulu savoir comment s'est passée ma première journée, maintenant tu sais. »

Il y a eu un petit silence. Marjan allait ouvrir la bouche mais Tartempion l'a devancée : « Eh bien, c'est un début. Après tout, Rome ne s'est pas construite en un jour. »

## 28. LE MÉCONTENT

*« Est-ce que tout va si mal ?*
*Est-ce que rien ne va bien ?*
*L'homme est un animal »,* *me dit-elle*

Stephan Eicher, *Déjeuner en paix*

Marjan avait remplacé Doumé à la programmation. Ce n'est pas un secret : je ne suis pas du matin. Ce qui était bien avec mon frère, c'est qu'on ne petit-déjeunait jamais ensemble, nos horaires n'étaient pas les mêmes. C'est tout le contraire avec Marjan : pour je ne sais quelle raison, il faut qu'on se retrouve chaque matin. Moi, j'ai le nez dans mon bol de Chocapics et, très franchement, je préfère autant qu'il y reste jusqu'à ce que je prenne ma douche. Elle, vraiment, il faut qu'elle parle de comment va le monde, de la dernière hécatombe : impossible de déjeuner en paix.

Et ce matin sur la terrasse, ça n'a pas loupé : elle a mis France Bleu Vaucluse, et juste après Stephan Eicher, badaboum, toutes les misères du monde nous sont tombées dessus. Le gouvernement s'en prenait maintenant aux hôpitaux, il voulait réformer le système de santé. La maternité à Apt allait fermer. Pas assez de lits, trop de coûts : l'État ne voulait plus équilibrer l'équation. Bien entendu, tout le Luberon était vent debout : le maire, qui allait manifester ce samedi, le député, qui allait poser une question à l'Assemblée ce mercredi, et évidemment Marjan, qui faisait trembler mes

Chocapics en tapant du poing sur la table.

« Non mais tu te rends compte ?! Ils vont fermer la maternité ! Non mais ça devient vraiment n'importe quoi ce pays ! »

Un tsunami de lait a heurté les bords de mon bol et s'est aventuré sur la nappe.

« C'est incroyable, ça, il va falloir aller accoucher à Aix ou à Avignon, exactement comme nous l'a dit le docteur Collin ! Non mais si c'est pour faire ça qu'on les élit, je te jure ! »

Les répliques du tsunami ont fini d'envoyer en l'air quelques Chocapics qui espéraient être épargnés, les naïfs.

« Et toi tu dis rien, tant que t'as tes céréales le matin, pas de souci, hein ? C'est pas toi qui vas accoucher en voiture dans la combe de Lourmarin, hein ? »

J'ai bredouillé, mais mon sort était scellé : le petit déjeuner serait politique ou ne serait pas. Pour une fois, Tartempion ne disait rien : il avait bien compris que le temps était à l'orage et que s'il ne voulait pas que ses croquettes finissent comme mes céréales, il avait intérêt à exercer son droit au silence.

Du coup, c'est l'esprit morose que je suis arrivé à la boutique. Sitôt la porte ouverte, les pièces m'ont accueilli gentiment, mais leurs sourires timides ne suffisaient pas à cacher leur nombre et en filigrane mon échec. Elles étaient presque désolées d'être toujours là, toujours aussi nombreuses. Qu'est-ce qui m'avait pris de signer cet emprunt, punaise. Je n'arrivais même pas à payer le loyer, alors sortir un salaire, tu peux te brosser Martine.

J'ai mis mon tablier, j'ai découpé une tranche dans un bloc d'argile et j'ai commencé à la battre. La terre, c'est comme la mer : des fois, elle a envie de vous, et des fois non. D'habitude son contact me fait du bien, ça me vide la tête, je ne pense plus à rien. Les heures peuvent défiler, je ne les vois pas.

Les formes naissent d'elles-mêmes, la terre vous dit pourquoi pas comme ci, pourquoi pas comme ça, il suffit d'écouter. Pas aujourd'hui. Non, ce matin, elle ne me disait rien. Pire, elle me faisait la gueule, comme Marjan. J'avais beau la pétrir, elle restait froide, elle refusait de se laisser toucher.

La clochette de la boutique a sonné. Elle m'a fait sursauter. Je me suis levé et me suis essuyé tranquillement les mains sur mon tablier : en deux mois, j'avais compris que cela ne servait à rien de sauter sur le client, il vaut mieux le laisser une petite minute tout seul, qu'il fasse son petit tour comme un grand, et après vous êtes là, si jamais il a des questions. Généralement, il n'en a pas et repart d'où il vient.

C'était un petit vieux, maigre comme un fil de fer, la canne à la main et sa casquette-béret sur le crâne. Au premier abord, ça m'a surpris : d'habitude, les clients sont plutôt des touristes. Et puis à bien y réfléchir, pas tant que ça : c'était encore tôt, il devait revenir du petit Casino après y avoir fait ses trois courses. C'était le genre, vous le croisez dans la rue, et vous vous dites que lorsque vous serez à la retraite, vous aurez autre chose à faire que vous lever aux aurores pour aller au supermarché. Il marchait lentement, en regardant, soupesant du regard mes taraïettes. Nos regards se sont croisés, et il a entamé la conversation. J'ai tout de suite compris qu'il cherchait moins une taraïette que quelqu'un à qui parler.

« C'est pas mal, c'est pas mal du tout, ce que vous faites. »

Mon traducteur instantané habitué aux vieux Provençaux s'est naturellement mis en marche : ça lui plaisait.

« Et puis vous en faites pour tous les goûts, un peu pour les enfants, un peu pour les parents, non vraiment, c'est pas mal du tout. »

Il s'était mis à inspecter le service à thé.

« C'est bien, ça, que des petits jeunes s'installent et reprennent des savoir-faire du pays, c'est bien, ça, ça fait vivre Apt. »

J'ai failli lui répondre que s'il me prenait quelque chose, cela me ferait vivre aussi, mais mon sens naissant du commerce m'a murmuré que ce n'était probablement pas la meilleure chose à dire.

« Bon évidemment ça vaut pas les poteries comme on en faisait avant la guerre, hein, l'école aptésienne, mais bon c'est bien de faire votre petit truc à vous, hein. »

Je l'attendais, celle-là.

« Parce que bon, moi, hein, j'ai connu Léon Sagy. Vous êtes trop jeune, mais je peux vous dire que c'était quelqu'un, le maître de la terre mêlée. Il avait inventé sa propre technique, les terres flammées. Et attention, hein, meilleur ouvrier de France ! Il vendait même à la reine d'Angleterre, c'est vous dire ! Et puis à sa mort, tout s'est perdu avec lui. »

Ce refrain, je l'avais en fait entendu un paquet de fois. La faïence d'Apt, qui rivalisait avec celle de Moustiers ou de Marseille, le savoir-faire unique des terres mêlées, le secret des terres flammées, la réputation dans le monde entier. Et puis les ocriers qui ferment en pagaille, les céramistes qui font pareil. Chaque fois que j'avais ouvert la bouche pour murmurer que je voulais devenir potier, c'était plus ou moins ce discours-là qu'on me sortait. Les parents. Les profs. Les conseillers d'orientation. Ce n'est pas qu'ils avaient faux, bien au contraire, ils avaient tout à fait raison. Avant-guerre, les ocres et la faïence faisaient vivre plus de deux cents ouvriers dans le coin. Et puis tout avait fermé.

Aujourd'hui j'aimerais juste avoir une machine à remonter le temps et interrompre ces adultes qui savent tout, me pencher vers cet ado pour lui dire que non, ce n'est pas parce que tout s'est pété la gueule qu'il ne faut pas croire en soi. S'asseoir sur ses rêves.

Dans l'atelier, j'ai failli le dire tout à coup, à ce gamin, à ce conseiller d'orientation, à ce vieux papy. Mais à la place j'ai fait le même sourire que je fais chaque fois, un sourire mi-crispé, mi-gêné, et ce bon vieux papy Mougeot a eu la politesse de me le rendre à l'identique. Entre Provençaux, on se comprend, et on a entendu dans le silence de l'atelier un écho : « Et maintenant, on n'est pas plus avancés. »

Puis le petit vieux a quitté la boutique, sans rien acheter bien évidemment, et je suis retourné à l'atelier. J'avais les nerfs en pelote mais je ne lui en voulais même pas : après tout, je tenais le même discours jusqu'à il n'y a pas si longtemps.

J'ai recommencé à faire tourner le tour, et là, je ne sais pas ce qui s'est passé. Un coup de pédale trop appuyé, et ma glaise est allée dire bonjour au mur de l'atelier, façon Jackson Pollock. Le message était clair. Je suis allé vers la porte de l'atelier et j'ai mis la petite pancarte *Fermé*. Comme si cela allait faire une différence : de toute manière, aucun client ne franchissait jamais le seuil.

## 29. L'INVITÉ-MYSTÈRE

Je me suis mis à ramasser la glaise. Avec la force centrifuge, il y en avait vraiment partout : sur le mur, sur le four, par terre, sous le tabouret. J'ai ramassé un petit bout par-ci, un petit bout par-là, et mine de rien, j'ai réussi à reconstituer une bonne boule, un peu plus grosse que le poing. Je l'ai posée sur la table et l'ai regardée en face : j'étais épuisé, et je ne savais pas comment tenir le reste de la journée.

Sans que je leur demande quoi que ce soit, mes mains se sont mises à travailler cette glaise de fortune : un peu de colombin par-ci, un peu de scalpel par-là. Elles travaillaient à leur rythme, sans réelle volonté de ma part : deux bénévoles qui n'en faisaient qu'à leur tête. Je les regardais, fasciné par cette indépendance et cette dextérité que je ne leur connaissais pas. En moins de temps qu'il ne faut pour le dire, s'est dressée sur la table une silhouette, forte comme un taureau. Deux bras, deux jambes, une tête : oui, tout était bien là. Une petite dizaine de centimètres, douze à tout casser.

« Qui es-tu, toi ? » me suis-je entendu demander.

Je n'ai pas obtenu de réponse, et pour cause : la tête était juste une petite boule de glaise, sans rien dessus. Œil, nez, ou bouche : il lui manquait tout. Mes mains ont semblé s'apercevoir de la méprise et, confuses, se sont précipitées pour rendre possibles les présentations. Le scalpel a dégagé des oreilles, et, oui, attendez que je ne dise pas de bêtises, oui, c'est bien ça, tout autour des oreilles des touffes de cheveux, des tempes grisonnantes.

« Au moins pouvez-vous m'entendre », ai-je murmuré.

Avec ces tempes, je ne savais plus si je devais le tutoyer ou le vouvoyer, je ne voulais pas manquer de respect à une personne âgée. Mes mains m'ont montré que mes craintes étaient infondées : très rapidement sont apparus des petits yeux rieurs, on aurait pu croire qu'ils venaient de vous sortir une bonne blague, c'était un rigoleur. Et puis hop, comme ça, sans rien dire à personne, des petites lunettes ont pris forme, très discrètes, presque transparentes. Ça aurait été dommage de s'arrêter en si bon chemin : un nez, une bouche, et tenez-vous bien, une belle moustache à la César et un bouc, bien pointu sur le menton.

« Qui es-tu, toi ? » ai-je redemandé. J'avais décidé d'abandonner le vouvoiement.

« Eh, oh, c'est un peu facile, ça. Il faut deviner. Je me mérite, moi, monsieur. Pour l'instant disons juste que je suis toujours par monts et par vaux, toujours à visiter les gens. Ce qui fait que là, j'ai un peu froid, avec rien sur les épaules. »

Qu'à cela ne tienne, mon cher. Il a fallu un peu travailler du scalpel, mais je lui ai fait un beau pardessus. Même mieux qu'un pardessus : un manteau-cape, qui lui donnait une sacrée allure.

« Alors, tu vas me dire maintenant qui tu es ? » ai-je insisté.

« C'est que voyez-vous, je ne sais pas si vous avez remarqué, mais je suis chauve, je n'ai plus un cheveu sur le caillou. C'est terriblement désagréable. Comme vous le savez, la Provence est un pays froid sous un soleil chaud : au moindre nuage, je frissonne. »

Monsieur confondait ma boutique avec La Redoute. Mais bon, autant que ce ne soit pas le dit. Je lui ai fait un beau chapeau, pas un haut-de-forme mais presque, sur lequel n'aurait pas craché Victor Hugo.

« C'est bon, Môssieur est habillé des pieds à la tête ? On va peut-être enfin savoir à qui nous avons l'honneur ? »

« Allez, je te donne un premier indice : mon métier, je l'ai toujours au bout de ma main droite. »

J'ai regardé ce qu'il y avait au bout de son bras : il n'y avait rien. Pardon, j'ai parlé trop vite : j'ai vu mes dix doigts s'agiter autour d'un petit bout de glaise, le transformer en rectangle et hop ! monsieur tenait une valise. Ce devait être un représentant de commerce. J'ai encore parlé trop vite : mes dix doigts n'avaient pas tout à fait fini et rapidement, la valise est devenue un baluchon. Non, une sacoche. Je n'étais pas plus avancé.

« Non, décidément, je ne vois pas, je donne ma langue au chat. »

« Rrroohh, tu es nul. Allez, va, je te donne un second indice. Attention, ce sera le dernier. »

J'ai pris mon inspiration : pas question de faire chou blanc.

« Lorsqu'il n'est pas dans ma sacoche, mon principal instrument de travail est autour de mon cou. »

J'ai levé les yeux, et j'ai regardé à la base de sa tête, sur ses épaules : il n'y avait rien. Rien de rien. J'ai scruté mes mains : elles ne bougeaient pas, elles n'avaient pas l'air plus affolées que ça.

« Il n'y a rien, autour de ton cou », ai-je répondu au santon.

« Évidemment, je viens de te donner l'indice. Il faut se creuser la tête un petit peu, jeune homme. »

À force de jouer le professeur d'école qui distribue les sujets et ramasse les copies, ce santon commençait à m'être antipathique. Il me rappelait de mauvais souvenirs du lycée.

J'ai fait passer le fil d'acier sous sa base, l'ai soulevé et me suis dirigé vers l'étagère pour l'y faire sécher. Au moment de le poser, j'ai été pris d'un dernier scrupule. Et si lui aussi allait se la jouer à la Golem, comme le facteur, le veilleur de nuit et le fauconnier l'avaient fait avant lui il y a six mois ?

Je ne suis pas superstitieux, mais tout de même, c'était prendre des risques inutiles. Je repensais à ce que m'avait dit la conservatrice de Cavaillon. Un truc au sujet du sable, si je me souvenais bien. J'ai saisi mon iPhone, ai pris le santon en photo pour mes petites archives personnelles, puis je suis allé sur Google Translate. J'ai tapé « Sable » et regardé ce que donnait la traduction français – hébreu : « חול ». Ma foi, si Internet le dit, c'est que ça doit être vrai. J'ai pris un couteau et j'ai recopié sous le socle de mon santon les trois petits caractères, en m'appliquant.

Tout seul dans mon atelier, j'ai déclamé d'une voix très sûre : « Argile tu es, sable tu redeviendras. » Dieu ne l'aurait pas mieux dit. J'ai regardé mon bonhomme droit dans les yeux et lui ai balancé, très fier de moi : « Voilà, je ne sais pas ce que tu prétends représenter, mais aucune chance que tu le deviennes. »

Il m'a répondu par un petit sourire.

## 30. LE MANIFESTANT

Cela faisait une semaine qu'ils ne parlaient que de ça, à la radio, dans les journaux. Il était impossible de rencontrer quelqu'un sans revenir sur le sujet, c'était sur toutes les lèvres, dans toutes les conversations. Il y avait des affiches partout en ville, sur les murs et dans les vitrines des magasins :

MANIFESTATION CONTRE
LA FERMETURE DE LA MATERNITÉ
SAMEDI 10 AOÛT

Le point de rassemblement était fixé à quinze heures, sur le cours Lauze-de-Perret. Le défilé devait ensuite remonter toute la rue des Marchands, jusqu'à la sous-préfecture, où les élus et l'État devaient se rencontrer pour discuter. Et puis ce devait être ville morte, tous les commerçants devaient fermer et baisser le rideau en signe de solidarité. Marjan avait voulu y aller. Dans son état, je n'étais pas sûr que ce soit une excellente idée. Je ne pensais pas qu'il y aurait des échauffourées, mais sait-on jamais, ça peut vite déraper. Elle n'avait rien voulu entendre.

Arrivés sur le cours, nous étions loin d'être les seuls. Il y avait toute la ville, c'était impressionnant. Le docteur Collin était là, et bien sûr l'intégralité du personnel soignant de l'hôpital. Doumé, et tout le bureau de poste, ou du moins la cellule CGT au grand complet. On les voyait de loin, eux, pas de risque de les louper. Ils étaient bien équipés : ils avaient des haut-parleurs, de longues banderoles et des immenses ballons rouges. Je crois bien que c'étaient les mêmes que ceux qui avaient été utilisés pour les retraites, mais je n'en suis pas sûr.

Il y avait aussi du beau monde. La maire et tout le conseil municipal, y compris l'opposition. Le député, le sénateur aussi. Sans oublier le président du conseil général. Je n'avais jamais vu autant de cocardes, on se serait cru au Salon de l'agriculture. Et puis il y avait tout le reste des gens. Du pays d'Apt, des villages alentour. Ils étaient venus en famille, beaucoup avaient des T-shirts JE VEUX ACCOUCHER EN PAYS D'APT. J'en connaissais beaucoup, en tout cas de vue. Ils ne faisaient pas particulièrement partie de la politique locale, du moins pas que je sache, mais ils étaient là pour défendre leur hôpital. On a serré quelques mains. Je dirais qu'à tout casser on devait être cinq cents selon la police, mille selon les organisateurs.

À quinze heures, le cortège s'est mis en branle. On a remonté la grand-rue, il y avait des commerçants derrière leurs rideaux métalliques qui agitaient le poing. En marchant le plus doucement possible et en criant les slogans, ça a bien dû nous prendre vingt minutes pour arriver devant la sous-préfecture : eh oui, la ville n'est pas bien grande. Nous sommes arrivés sur la place, les élus ont monté ensemble les grandes marches, et le sous-préfet les a fait entrer. Ce fut tout.

« Et qu'est-ce qu'on fait maintenant ? » ont commencé à se demander les gens autour de nous.

« Nous, on reste, il faut continuer à leur mettre la pression là-dedans », proclamaient Doumé et ses copains de la CGT, entrecoupés de cornes de brume.

Avec Marjan enceinte, rester debout plantés là comme des piquets n'était pas la meilleure des idées. Elle disait avec ses yeux qu'elle voulait rester, mais les miens lui ont répondu qu'il n'y avait aucune honte à partir. Je l'ai raccompagnée à Kangouroux, et là, je lui ai demandé de revenir me chercher à vingt heures ce soir.

« J'ai un truc à finir à la poterie, il faut que je sorte une fournée. »

« Tu vas pas aller travailler quand même ? C'est ville morte aujourd'hui. »

« Je ne vais pas ouvrir la boutique, la porte restera fermée, t'inquiète. C'est juste que j'ai des trucs à sortir du four et je préfère le faire aujourd'hui plutôt que de repousser, c'est tout. »

Je vous vois faire la moue : quel idiot, qu'est-ce que ça lui aurait coûté de rester avec sa femme enceinte un jour pareil ?

C'est parce que, comme Marjan, vous ne savez pas tout.

## 31. LE CACHOTTIER

Je ne sais pas pourquoi je suis comme ça. Ce besoin de faire des cachotteries. De se cacher. De faire les choses en douce. Peut-être parce que chaque fois que j'ai essayé quelque chose, il y a eu quelqu'un pour en rire, ou s'en moquer.

Ce que je n'ai pas dit, ni à vous ni à Marjan ou à personne d'autre, c'est le petit projet sur lequel je travaille depuis deux mois maintenant. À passer toute la journée devant des taraïettes qui ne se vendent pas, je me suis mis à réfléchir à autre chose. Je ne suis pas allé chercher bien loin à vrai dire. C'est le petit vieux de la dernière fois, celui qui n'avait rien acheté dans la boutique, qui m'a mis sur la piste. Il avait parlé de Léon Sagy, de sa technique des terres flammées qui avait été inventée il y a cinquante ans et qui s'était perdue.

Eh bien, j'essaie de le retrouver. Le secret du flammé. Les jours où il n'y a personne à la boutique. J'essaie, en cachette, bien dissimulé dans l'arrière-boutique. Ça n'a pas marché du premier coup. J'ai réessayé. Le soir. Le week-end. Ça a encore foiré. J'ai réessayé, encore et encore, chaque fois qu'il n'y avait personne à la boutique. Et je peux vous dire que des moments comme ça, il y en a eu un sacré paquet.

Au début je ne suis pas arrivé à recréer le bon jaspé. Il n'y avait rien à faire, ça ne marchait pas. Les terres réagissaient mal entre elles. Une qui bavait sur l'autre. Les flammes qui empiétaient l'une sur l'autre, et à la fin, ça faisait de tout sauf du flammé. Du bavé, du dégouliné, tout ce que vous voulez mais pas du flammé. Pour y remédier, j'ai réduit le nombre de terres. Les couleurs ne bavaient plus entre elles, mais du coup c'était trop uniforme, pas assez chamarré. Du bicolore, au mieux. Ça n'était que le premier des problèmes.

Il y a eu ensuite celui des bulles d'air, entre les différentes couches d'argile, que l'on ne voit pas pendant qu'on tourne, mais qui font tout fendiller au moment de la cuisson. Vous êtes content de vous, vous croyez que tout a marché comme sur des roulettes, et au moment d'ouvrir la porte du four, patatras : de belles fissures, de magnifiques lézardes, direction la poubelle.

Je me suis aussi rendu compte que les terres ne réagissaient pas de la même manière à la température du four. J'ai regardé sur Internet, j'ai vu que ça s'appelait la rétractation. Ça donnait un côté annelé : la poterie ressemblait à Bibendum. À la poubelle, encore.

Un potier au Japon avait sa chaîne YouTube, il faisait des tutoriels sur le Nerikomi. C'est une technique qui empile les argiles de différentes couleurs, pour les réagencer ensuite de manière quasi géométrique. Je m'étais abonné à sa chaîne, dans l'idée de voir comment il s'y prenait et le faire ensuite à ma sauce. Dans une de ses vidéos, il expliquait comment il préparait ses pièces pour la cuisson. Je l'ai contacté sous un pseudonyme, je lui ai expliqué mes problèmes en anglais (merci Google Translate). Le gars a été super sympa, très gentil, très humble. On aurait pu croire qu'il garderait ses secrets de fabrication, mais pas du tout. Il m'a répondu. Très accessible, très détaillé, plein de petits trucs. Il m'a expliqué pour les crevasses, pour les fissures, pour Bibendum. Il m'a recommandé de bien faire sécher sous plastique, pendant très longtemps, avant de mettre au four. Comme un gros blaireau, moi, je faisais sécher à l'air libre, une semaine et ouste.

Je m'étais mis dans la tête de faire une aiguière. Pourquoi, je ne sais pas trop. C'est beau, c'est fin. C'est délicat. En Provence ça trône, ou plutôt ça trônait au milieu de la table. L'eau, c'est précieux, on ne la gâche pas. Quand on a soif, c'est ce qu'il y a de meilleur. Surtout, il me fallait une pièce maîtresse pour montrer mon savoir-faire, pour la « show-room », comme dirait Marjan. Une pièce qui serait tellement chère que personne ne l'achèterait mais sur laquelle tout le monde s'arrêterait, comme dirait Doumé. Et puis je ne sais pas, mais une aiguière en terres flammées, ça en jette, non ?

Il y a bien eu une vingtaine de cuissons, et autant d'aiguières, qui chaque fois se sont retrouvées à la poubelle. Vingt, au bas mot. Autant d'essais qui m'ont permis de déblayer le terrain et d'améliorer petit à petit ma technique. La cuisson de la semaine dernière a été la bonne : mes tuiles à essais étaient ressorties sans fente, sans Bibendum. Il fallait y aller, c'était bon.

Et donc, il y a deux jours, je me suis lancé. Je m'étais décidé pour un biscuit à trois couleurs : du jaune, du rouge et du brun. J'avais pris trois pains de faïence, et j'avais ajouté à chacun trois ocres différentes. Chacune en provenance directe de Rustrel. Je les avais pétries, puis juxtaposées, l'une sur l'autre, pour les repétrir, encore. J'avais recommencé l'opération six fois : ça peut paraître beaucoup, mais ça ne l'est pas tant que ça. Je ne voulais pas un biscuit trop chargé, trop lourd. Il fallait que le jeu des couleurs reste léger.

Les terres étaient mêlées mais pas encore complètement flammées : il fallait les passer au peigne pour étirer les couleurs, pour que les veines du biscuit deviennent de vraies rangées de flammes. J'avais appuyé, lentement mais avec beaucoup de pression, sur l'intégralité du biscuit. De multiples fronts de flammes qui partaient dans tous les sens.

J'ai tourné une à une les différentes parties de l'aiguière : le pied, le corps, l'anse et le bec, et puis je les ai assemblées à coups de barbotine. C'est de l'argile diluée d'eau qui sert de liant. Lorsque l'aiguière a tenu debout, je l'ai mise au séchoir, juste à côté du santon. Dix jours à attendre. Dix jours pour atteindre la consistance du cuir. Dix jours à me demander si ça allait marcher. Si le résultat serait à la hauteur. Ou pas. Si les couleurs apparaîtraient telles que je les avais rêvées au tournassage.

C'est pour ça que j'ai dû retourner à l'atelier aujourd'hui. Pour tournasser mon aiguière. Lorsqu'on les tourne, les terres perdent leurs couleurs, elles se recouvrent d'un voile terne. Le voile de la barbotine. Pour se protéger, qui sait. Se protéger du regard des autres. Il faut les laisser respirer, le temps qu'elles prennent confiance en elles, avant de les tournasser. Ça veut dire qu'il faut les passer à la mirette, écorcher le millimètre de gangue qui les recouvre pour faire ressortir leurs flammes. Leurs couleurs. Leurs chatoiements.

J'ai pris mon aiguière et l'ai arrimée sur le tour. Elle était là, droite comme un I. Très fine, effilée. Trente centimètres de haut, pas particulièrement petite. Grise comme de la poussière. Terne comme la cendre qui recouvre les braises.

J'ai pris la plus fine de mes mirettes et j'ai commencé à tournasser. Lentement, centimètre après centimètre. Du rouge est apparu. Un beau rouge comme on n'en fait plus, sorti tout droit de Roussillon et du cœur de Sirmonde. Une belle veine de rouge, qui remontait tout le long de la pièce. Juste après, du jaune est arrivé. Un beau jaune fleur de soufre que j'étais allé chercher en crapahutant un soir en face de Rustrel. Pile ce que je recherchais. C'est net et sans bavure : ça ne débordait pas sur le rouge, les deux veines de couleur s'élançaient bien en parallèle, l'une contre l'autre.

J'ai continué avec la mirette, tout doucement. Ça ne bosselait pas, ça ne bavait pas, ça ne craquelait pas. Touchons du bois, me suis-je dit.

Et puis le brun est arrivé. Sépia, je dirais, comme la vieille pellicule d'un appareil photo qui ne marche plus. Il encadrait mon rouge et mon jaune, il tenait bien son rang. La mirette a continué, le rouge est revenu, souvent. Puis le jaune. Du sépia encore. Puis le rouge à nouveau. Beaucoup de rouge. J'avais bien forcé dessus. À l'avenir, il faudrait que je me souvienne d'y aller un peu plus mollo.

J'ai tournassé comme ça pendant plus d'une heure, en faisant attention : à la fin, les parois sont fines, il faut savoir s'arrêter à temps. Lorsque ça m'a semblé bon, j'ai posé ma mirette avec les chutes et j'ai pris un peu de recul, comme on dit. Sur l'étagère d'à côté, le santon de l'autre jour était bouche bée, il ne disait rien. À mon tour, je l'ai regardée comme si c'était la première fois que je la voyais.

J'ai retenu ma respiration et ouvert la porte du four. Je l'ai posée délicatement, bien au centre. D'habitude, j'essaie d'optimiser le positionnement des pièces, un peu comme à Tetris. Mais une fois n'est pas coutume, je me suis dit que rien n'était trop beau pour mon aiguière, elle avait bien le droit à toute la place rien que pour elle.

J'ai eu un nœud dans l'estomac, en pensant à tous les dangers qui la guettaient encore. Les bulles d'air. Les différences de rétraction. Les fentes, les cassures. Je l'ai regardée, un peu comme un papa qui voit sa fille partir pour la première fois à l'école. Est-ce que ça allait bien se passer ? Est-ce qu'elle allait tenir le coup ? Je l'ai regardée une dernière fois avant de refermer la porte.

Elle, mon aiguière en terres flammées.

## 32. LE REMPLAÇANT

Comme quoi il ne faut jamais jurer de rien. Quarante-cinq minutes que l'on poireautait dans la salle d'attente du docteur Collin, et la porte restait fermée. Ce n'est pas que je me plains : je comprends bien que parfois, il y a des urgences, et que les médecins ne sont pas à notre disposition. C'est la rentrée, tout le monde revient de congé, il y a les certificats à faire pour le sport à l'école, j'entends bien. Mais tout de même, quarante-cinq minutes, avec une femme enceinte en plus, les rendez-vous, ce n'est pas fait pour les chiens, nom d'une pipe.

J'avais épuisé le stock d'*Auto Moto*, là, sur la table basse : je pouvais tout vous dire du match entre la 308 Peugeot et la nouvelle Volkswagen Golf. J'ai levé les yeux, et j'ai vu Marjan assise, les mains sur le ventre, juste en face de moi. Ça m'a fait penser à ce samedi matin, où l'on patientait avec Doumé dans la salle d'attente d'un cabinet vétérinaire, pour faire vacciner un clochard en smoking. C'était il y a si longtemps, et en même temps pas tant que ça. Je me suis aussi rappelé cet après-midi à la Forêt des Cèdres, où je tenais Andromeda entre mes mains, je la sentais respirer, et quand Marjan m'avait glissé à voix basse, par-dessus mon épaule, « c'est quand tu veux, c'est quand tu le sens ».

Où diable était-elle aujourd'hui ? Avec ce foutu GPS qui n'en faisait qu'à sa tête, ça ne rimait plus à rien de regarder Freebird, je laissais l'application vivoter dans les archives de mon téléphone, coincée entre l'horoscope et le briquet virtuel.

Mais comme je n'avais rien d'autre à faire dans cette salle d'attente, je suis quand même allé voir où elle avait décidé de localiser Andromeda aujourd'hui. Cette bonne vieille Terre est apparue, elle a fait quelques tours sur elle-même, puis s'est centrée sur un des bords de la mer Méditerranée, en Syrie je crois. Franchement.

« Allez c'est à nous, désolé pour ce retard », a dit le docteur avec sa voix de Michel Galabru en ouvrant grand sa porte.

Tels deux enfants bien sages à l'arrivée du professeur, nous nous sommes levés avec Marjan et sommes entrés dans son cabinet. Comme les fois précédentes, je m'attendais simplement à retrouver les vieilles encyclopédies. Eh bien, non, il y avait du nouveau, et pas le moindre. Devant les gros volumes, parfaitement au milieu entre A et Z, se tenait un étranger.

« Je vous présente le docteur Janssens, qui nous arrive tout droit de Belgique. »

Le docteur Collin s'est assis derrière son bureau, visiblement fier de son petit effet.

« Je vous l'ai dit la dernière fois, j'avais abandonné l'idée d'un successeur, et je comptais les jours qui me séparaient de la retraite. Mais comme dit le dicton, c'est au plus noir de la nuit que vient l'aube, et j'ai été miraculeusement contacté par le docteur Janssens, qui m'a expliqué qu'il voulait s'établir ici, dans le Sud de la France. Il me remplacera dans trois mois, il a toute ma confiance, et il a commencé à rencontrer les patients. Mais vous êtes libres : si vous le souhaitez, il peut sortir le temps de la consultation. C'est vous qui voyez. »

Marjan m'a regardé, je l'ai regardée.

« Bon, il faut qu'on en discute, mais a priori y a pas de souci, du moins pour aujourd'hui », a-t-elle répondu.

Comme pour confirmer, j'ai fait un grand sourire au docteur Janssens, et c'est à ce moment-là que ça m'a frappé.

Ce visage, je le connaissais. Il m'était familier, ce n'était pas la première fois que je le voyais. Mais où diable l'avais-je aperçu ? Marjan et les deux docteurs sont passés dans la pièce à côté pour la consultation, pendant que je plongeais dans mes souvenirs. Un client de Monsieur Bricolage ? Non. À la télévision ? Non plus. Un remplacement d'un autre docteur ? Je n'y vais jamais. J'en étais là à me farfouiller les neurones quand l'éclair s'est produit. Ce visage, c'était le portrait craché du santon que j'avais fait il y a quinze jours. Ces yeux. Ces petites lunettes transparentes. Ce petit bouc tout gentil, au bout du menton.

Pour en avoir le cœur net, j'ai regardé dans mon téléphone les photos que j'avais prises du santon. J'ai passé la tête pour zyeuter discrètement dans la salle de consultation. Le docteur Janssens était là, légèrement en retrait. Il n'y avait pas de doute. La ressemblance était frappante. Le santon était son portrait craché. On me l'aurait filé en commande, en me disant « merci de sculpter ce visage dans l'argile » que je n'aurais pas mieux fait.

Ma tête s'est mise à tourner, je suis retourné m'asseoir dans le cabinet. C'était impossible. J'ai repensé au fauconnier. Au postier. Au veilleur de nuit. Et maintenant à ce docteur. Ça commençait à en faire un sacré paquet, hein, de coïncidences.

Marjan et les deux docteurs sont revenus dans le cabinet. Ils discutaient, posaient des questions. Moi je faisais semblant de répondre, d'être avec eux. À un moment, tout le monde s'est levé, direction la porte, et le binôme nous a salués. Le docteur Collin. Puis le docteur Janssens. Je devais être blanc comme un cachet d'aspirine, car ce dernier m'a dit en me serrant la main avec son petit sourire :

« Allez, tout va bien, il n'y a aucune raison de vous inquiéter. »

## FREEBIRD
## 35°36'07"N 35°46'57"E

*Le mot hébreu חול (Chol) apparaît dans de nombreux passages de la Bible, où il a généralement la signification de « sable ». Il figure ainsi dans le Livre de Job, 29-18, que la Bible de Luther (1534) ou bien encore celle du roi Jacques (1611) traduisent de la manière suivante :*
*Alors je disais : Je mourrai dans mon nid,*
*et mes jours seront abondants comme le sable.*

*Pourtant, en 1928, a été découvert à Ougarit (Syrie) un corpus d'anciens textes cunéiformes. Plus de 1 500 fragments, écrits au xiie et au xiiie siècle avant notre ère, ont refait surface. Leur étude a jeté une lumière nouvelle sur notre compréhension de l'hébreu biblique et a permis à des chercheurs modernes de livrer des traductions différentes. Ainsi, Mitchell Dahood, professeur à l'Institut biblique pontifical, propose la traduction suivante du verset 29-18 du Livre de Job, toujours sujette à controverse :*
*Alors je disais : Je mourrai dans mon nid, et mes jours seront abondants comme ceux du Phœnix.*

## 33. LE VISITEUR

J'ai filé tout droit à l'atelier. En face du four, bien sage sur l'étagère, le santon m'attendait. Je l'ai pris dans mes mains et me suis assis face à lui. Il me regardait, avec son petit sourire en coin.

« Enfin, tu as deviné ? Il t'en a fallu du temps ! »

Je n'ai rien répondu. Je me suis contenté de le regarder en silence. Était apparu autour de son cou un stéthoscope. Comme par sorcellerie, mes mains n'y étaient pour rien, du moins pas que je sache. Il avait tout du médecin de campagne maintenant, ça crevait les yeux : la petite sacoche pour visiter les patients, son grand manteau pour le protéger du mistral, son beau chapeau pour le couvrir du soleil, et enfin son cordon pour tâter le pouls des gens.

« Pourquoi tu ne m'as pas dit qui tu étais dès le début ? Ça m'aurait évité de passer pour un ahuri tout à l'heure ! » lui ai-je reproché.

« Rrooh, ça aurait tué le suspense, ça n'aurait pas été aussi rigolo. »

Je n'ai pas réagi. Je parlais à un santon qui me répondait, et qui s'était matérialisé dans la vraie vie, trait pour trait, pour devenir le médecin traitant de Marjan. C'était officiel : je perdais les pédales.

« Bon, maintenant que tu m'as fait venir, il va falloir… »

« Moi, je t'ai fait venir ? » l'ai-je interrompu.

« Oui, tu penses bien que ce n'est pas par l'opération du Saint-Esprit que j'ai débarqué ici. Et puisque tu m'as fait venir, il va falloir m'accueillir correctement, hein ? Parce que oui, la région est magnifique, mais moi je ne connais personne ici. Vous n'allez pas me faire le coup de la chaleur des gens du Sud, hein ? »

J'allais lui répondre d'aller rôtir en enfer, lui et son stéthoscope, lorsqu'on a frappé à la porte.

« C'est fermé, merci de revenir plus tard », ai-je crié depuis l'arrière-boutique. L'écriteau était pourtant clair, bien en évidence au-dessus de la poignée. Non seulement le gars était aveugle, mais apparemment il était aussi sourd, parce que ça ne l'a pas arrêté et il a frappé de plus belle.

J'ai jeté un coup d'œil discret : c'était Doumé. Je n'avais aucune envie de lui parler mais patatras : il m'a vu et il a vu que je l'avais vu. J'étais condamné à lui ouvrir.

« Mais qu'est-ce que tu fous ? Tout le monde te cherche partout. Marjan m'a appelé, elle m'a dit que tu étais devenu comme fou après votre rendez-vous chez Collin, et… »

Je n'ai rien répondu, j'ai fait demi-tour et je suis retourné dans l'arrière-boutique. Il m'a suivi et a vu le santon du docteur Janssen sur la table. J'ai craqué :

« C'est encore cette foutue histoire de santon qui ne veut pas s'arrêter ! » ai-je crié.

« Tu deviens taré, c'est complètement stupide et… »

Je n'ai rien répondu. À défaut du poids des mots, le choc des photos. Je suis allé sur Doctolib et j'ai cherché le docteur Janssens. Il y avait une photo sur son profil. J'ai foutu mon téléphone sous le nez de Doumé. Il a marqué un temps d'arrêt, mais ça ne l'a pas démonté pour autant.

« C'est qui ce gus ? » a-t-il demandé.

« C'est le remplaçant du docteur Collin, un Belge. On vient de le rencontrer. »

« OK, OK, il ressemble vaguement à ton santon, mais de là à imaginer que… »

« Tu te fous de moi ? Des années que le docteur Collin cherche un remplaçant, et y a personne qui frappe au portillon. La semaine dernière, je fais un santon de médecin, et boum ! Le gars débarque comme par sorcellerie moins de huit jours après ? Et zoome, regarde, le santon lui ressemble comme deux gouttes d'eau. J'aurais voulu le faire exprès, j'aurais pas fait mieux ! »

Et histoire de joindre le geste à la parole, j'ai repris le téléphone, et j'ai fait un gros zoom sur le visage du docteur Janssens, en le collant nez à nez avec le santon. Il n'y avait pas d'erreur, c'était bel et bien la même personne. Je pensais que Doumé allait me répondre du tac au tac, qu'on allait encore s'engueuler une bonne dizaine de minutes, mais non. Au lieu de ça, il s'est affalé sur la chaise, en se prenant la tête dans les mains et en regardant par terre. On ne s'est rien dit pendant deux minutes. Gros silence.

« Il faut que tu te reprennes, a-t-il fini par dire dans un souffle. Tu vas avoir un gosse dans pas longtemps, tu as ouvert une boutique, tu ne peux pas te permettre de perdre pied. Pas maintenant. »

J'étais prêt à monter au créneau, à ce qu'on s'engueule comme des chiens, mais à le voir là, comme ça, épuisé sur sa chaise, ça m'a coupé dans mon élan. Du coup, je me suis adossé au four, j'étais presque à sa hauteur. J'ai soupiré et me suis mis à chialer comme un gosse.

« Ça te va bien de me dire ça, après m'avoir tanné pour que je me lance dans cette histoire de poterie. Tout ça, c'est à cause de vous, toi et Marjan. Jamais je serais allé là-dedans. Six mois que je suis dans ces murs et je n'ai pas vendu une seule pièce importante. Et ce n'est pas trois taraïettes par-ci par-là qui vont changer la donne. Ce santon, c'est la goutte d'eau qui fait déborder le vase. Ça fait des semaines que je ne dors plus et que je me demande comment je vais faire pour rembourser l'emprunt. »

La clochette de l'entrée a tinté : en ouvrant à Doumé, j'avais dû oublier de refermer le verrou. La vie est mal faite : je passe mes journées à attendre le client, et aujourd'hui, ça devenait la Samaritaine un jour de soldes. J'ai soupiré et me suis levé. J'aurais pu rester assis : Marjan est apparue sur le pas de l'arrière-boutique, les yeux affolés.

« Mais tu vas m'expliquer ce qui se passe à la fin ? »

## 34. LE MALHEUR

Quinze jours ont passé. Je n'avais pas eu d'échanges avec Doumé depuis son passage à la boutique. Ce n'est pas que nous étions fâchés, non, c'était plus sournois que ça : on s'était quittés sans se dire le mot de la fin, et maintenant, bien malin celui qui reprendrait la conversation. Pareil du côté de Marjan : pas la peine de lui faire du souci avec toutes ces histoires sans queue ni tête.

J'avais beaucoup travaillé sur la finalisation de l'aiguière. Après la première cuisson, j'étais passé à l'émaillage de la pièce : une fine glaçure transparente pour sublimer les couleurs des flammes et précéder la seconde cuisson. Je l'avais sortie du four ce matin.

L'ouverture du four, c'est toujours un moment un peu particulier. Vous préférez être seul : c'est l'instant où vous allez voir si vos efforts ont payé, si le résultat va être conforme à vos attentes, voire peut-être les dépasser. Quand vous ouvrez la porte, généralement vous la bouclez. On entend une fourmi qui tousse. Vous êtes stressé, coi, bouche bée, vous êtes ce que vous voulez mais vous ne la ramenez pas.

L'aiguière se tenait debout, d'un seul tenant. Pas une fissure, pas une bosse. Tout simplement superbe. Je la regardais, appréciant ce dernier instant d'intimité avec elle et sans pouvoir me décider à l'exposer en vitrine, à la vue de tous. Juste encore un peu, s'il te plaît.

La clochette a sonné, c'était la troisième fois ce matin. À la poterie Andromeda, hé, il commençait à y avoir du va-et-vient. Le premier client, une dame que j'avais vu lorgner deux-trois fois devant la vitrine, m'avait acheté une théière et un rossignol. Une heure plus tard, trois collégiens étaient rentrés dans la boutique, et l'un d'eux m'avait demandé le prix des t-taraïettes. Ils étaient repartis sans rien acheter. J'ai fini de touiller l'engobe que j'étais en train de préparer, me suis essuyé les mains sur mon tablier et me suis dirigé lentement vers la boutique.

Au milieu de la pièce se tenait Doumé. Ça m'a surpris : en plein milieu de la matinée, débarquer comme ça sans prévenir, ça ne lui ressemblait pas. Il m'a fait un grand sourire, ça ne lui ressemblait pas non plus. Ça devait vouloir dire qu'il était venu pour enterrer la hache de guerre. Il m'a demandé des nouvelles de Marjan, comment la grossesse se passait.

« Allez, je mets la moka sur le feu. Toujours bien serré et toujours sans sucre ? »

« Toujours. »

J'ai préparé l'expresso en silence. Doumé non plus ne disait rien. La moka nous donnait l'excuse d'être absorbés, ce n'était pas le moment de se foirer, vous comprenez. Au bout d'un moment, la moka s'est mise à glouglouter. J'en ai versé une tasse à Doumé et la lui ai tendue.

« Allez, un moka du marché offert par la poterie Andromeda. »

Doumé a bu une gorgée puis a reposé sa tasse sur le comptoir, l'air satisfait.

« Au fait, tu as des nouvelles d'elle ? Tu sais où elle est en ce moment, elle joue toujours la fille de l'air ? »

« Oh, ne m'en parle pas, chaque fois que je regarde, ça me donne envie de mettre l'application à la poubelle. Aux dernières nouvelles, elle était en Syrie. C'est du grand n'importe quoi. »

Il n'a rien dit pendant un moment, puis a murmuré, le regard dans le vague : « Qui sait, elle y est peut-être vraiment. Elle a des envies d'ailleurs, ou de voir de quoi elle est vraiment capable. Il ne faut jamais jurer de rien. »

Ça m'a surpris, ça ne ressemblait pas à du Doumé. Le café a eu tout à coup un goût différent.

« Au sujet de cette histoire de santons, je… »

Ah ! Je savais bien qu'il y avait quelque chose. Le loup sortait du bois.

« T'inquiète, c'est de l'histoire ancienne. On n'en parle plus, c'est remisé sur l'étagère. J'ai juste pété un câble, entre le boulot et le bébé qui arrive bientôt, ça n'avait ni queue ni tête. »

« Je voulais te dire que… »

« T'inquiète, je te dis, on n'en parle plus. »

« Laisse-moi parler, s'il te plaît. Je voulais… J'ai besoin que… Enfin j'aurais quelque chose à te demander. »

Je l'ai regardé sans comprendre. Il y a eu un long silence, que ni lui ni moi semblions être en mesure de contrôler. Au bout d'un moment, Doumé a pris une grande inspiration et s'est jeté à l'eau.

« Hier, on a reçu les détails de la stratégie de la nouvelle direction. Ils ont fini de préparer leur budget et ont présenté le nouveau Plan. «La Poste 2025 », ils appellent ça. C'est pire que ce que je croyais, jamais je n'aurais imaginé qu'ils aillent si loin. Toutes les postes de village sont supprimées, Rustrel, Saignon, Villars, Saint-Saturnin, tout ça, c'est du passé. Le service public passe aux oubliettes. Tout le personnel est intégré au centre de tri à Apt, et l'équipe va être au global réduite d'un tiers. Quelques-uns en préretraite, plus un plan de départs volontaires avec ruptures conventionnelles, et si ça ne suffit pas, le reste en licenciements économiques. »

Il y a eu un gros silence. Je ne savais pas quoi dire. Doumé, je me suis toujours un peu foutu de sa tête, lui et ses grands discours. Toujours à partir au quart de tour devant le JT dans de longues diatribes sur la politique néolibérale du gouvernement, sur la mondialisation et le capital. Qu'il ne fallait pas faire ceci, qu'il n'aurait pas fallu faire cela. Que c'est parce qu'on a fait ça qu'on en est là aujourd'hui. Que cette loi n'est pas la bonne : soit elle ne change rien au problème, soit elle ne fera qu'empirer les choses. Que tout ça c'est la faute aux entreprises, au gouvernement, et qu'est-ce que fout l'État là-dedans, hein, on se le demande.

Comme justement il ne se lançait pas dans ses longues diatribes, je n'ai rien trouvé à dire. Ça n'était pas du tout rigolo, j'avais une boule dans la gorge qui ne voulait pas passer. On se regardait sans rien dire, l'air aussi ennuyé l'un que l'autre.

« Tu n'as pas de souci à te faire, tu es délégué du personnel. Ils n'oseront jamais te virer », ai-je fini par dire.

« Ce n'est pas pour moi, c'est pour le reste de l'équipe que je me fais du mouron… Magali, Bruno… Paul, Julie… Ils sont trop jeunes pour la retraite et trop vieux pour se recaser sur le marché de l'emploi, tu penses bien. »

Voilà qui n'était pas prévu. Le café a refroidi. Nos tasses restaient aux trois quarts vides, avec un marc qui ne prédisait plus rien.

« Bref, si je te raconte tout ça, c'est que… C'est que… C'est que j'ai repensé à toute cette histoire de santons. Je sais que je me suis bien foutu de ta tête et tout ça, mais j'ai pensé que… que… »

Je l'ai regardé sans comprendre. Je ne voyais pas où il voulait en venir. Il a encore pris une inspiration et cette fois-ci s'est jeté à l'eau.

« Je sais que ça va te sembler stupide mais... mais je me dis que si c'est ça qui a permis de remplacer le docteur Collin, ça vaut le coup d'essayer pour La Poste. Voilà, à toute l'équipe, on est seize personnes. Je voudrais que tu fasses seize santons de postier, tous en uniforme avec du courrier dans les mains. Pour que tous on garde nos emplois et que personne ne se retrouve sur le carreau. »

Je suis resté bouche bée. Je n'en croyais pas mes oreilles. C'était tout simplement incroyable : il y a quinze jours il m'appelait Fox Mulder et aujourd'hui il avait complètement retourné sa veste. Il a sorti une photo de sa poche et me l'a tendue.

« Tiens, c'est toute l'équipe, ça a été pris pour la dernière galette des Rois. Il y a tout le monde. Tout ce que je te demande, c'est de me faire seize santons à leur effigie, tous en costume de postier. S'il te plaît. »

J'ai pris sa photo et les informations sont lentement remontées vers mon cerveau. J'ai reconnu le rugbyman qui s'était fait refaire le portrait et qui avait déjà eu droit à son petit golem. Plus que quinze, je me suis dit dans ma tête. Puis j'ai repensé à toute cette histoire de ces derniers mois, de l'épisode de *X-Files* à la synagogue à Cavaillon avec sa conservatrice. Je me suis rendu compte à quel point tout ça me foutait la trouille. Vraiment. J'ai avalé ma salive et j'ai rendu la photo à Doumé.

« Désolé, je ne peux pas », lui ai-je répondu.

Doumé s'est figé. Ça se voyait qu'il avait entendu ma réponse, mais qu'il la refusait. Elle restait coincée, quelque part entre ses tympans et ses neurones.

« Tu ne peux pas quoi ? » a-t-il fini par murmurer.

« Je ne peux pas te faire ces santons. Je ne peux en faire aucun, d'ailleurs. »

Gros silence.

« Tu ne peux pas ou tu ne veux pas ? »

Je n'ai rien dit. J'ai dégluti, ça a fait autant de bruit que les cloches de Sainte-Anne.

« Si c'est une question de temps ou d'argent, ne t'inquiète pas, je te paierai. Je te les achète, ces santons. »

« Arrête, tu sais bien que ce n'est pas ça. »

Nouveau silence.

« C'est quoi alors ? Soit c'est des idées en l'air, et ça ne sert à rien et c'est tant pis pour mon argent et je suis content d'avoir essayé, soit ça marche vraiment et on sauve seize emplois… Alors, pourquoi tu veux pas ? »

« C'est juste que… que ce soit pour le docteur ou les postiers, ou qui que ce soit d'autre, ces santons, c'est contre-nature. Je vais pas dire qu'il y a le diable derrière, mais tout de même, c'est quand même pas très naturel, ce qui se passe. On joue avec le feu, là. T'as regardé sur Internet comment ça finit toutes ces histoires de golems ? Moi, j'ai regardé. Ça fait quinze jours que je regarde que ça d'ailleurs. Chaque fois, la créature se retourne contre son créateur. Chaque fois, ça finit mal. Les golems. Frankenstein. Même quand c'est pour faire le bien, ça finit mal. C'est contre-nature, je te dis. »

J'ai senti la colère monter lentement en Doumé. Ça se sentait, elle partait de son ventre et remontait, les épaules, le cou.

« Tu… Tu es train de me dire que tu veux pas, là ? »

Re-bafouilles, re-excuses.

« T'es en train de me dire qu'après tout ce que j'ai fait pour toi, à quel point je me suis cassé le cul pour que tu puisses monter ta poterie à la con, tu refuses de me faire seize petits santons de merde ? »

Je me suis tortillé comme un ver, mais ne le prends pas

comme ça, voyons, tu sais bien que ce n'est pas ça. Ça n'a pas suffi. Il s'est mis à gueuler comme un veau, à taper du poing sur le comptoir encore et encore, même les murs se sont mis à trembler.

Après, je ne sais pas ce qui s'est passé. Tout est allé très vite. Je ne crois pas qu'il l'ait fait exprès, du moins je n'en suis pas sûr. À force de taper comme un taureau sur le comptoir, l'aiguière que j'avais posée là a chancelé et est tombée par terre. Oui, la pièce maîtresse, celle qui devait montrer tout mon savoir-faire, ne jamais être vendue, juste déclencher l'admiration et retenir les passants, celle-là même est tombée par terre et s'est brisée en mille morceaux. Mille morceaux qui sont partis aux quatre coins de la pièce. Toutes ces heures de travail réduites à néant. Toute cette patience jetée par terre. Je crois que j'ai gueulé à mon tour mais je n'en suis pas sûr. Doumé m'a regardé dans les yeux, l'air catastrophé. Il a bredouillé trois mots, puis s'est retourné et est parti en laissant la porte ouverte.

## 35. LE NOUVEAU-NÉ

On ne s'y attendait pas. Ou pour mieux dire, on s'y attendait mais pas si tôt. On s'était pourtant préparés, on avait repéré le trajet pour aller jusqu'à la maternité, on avait tout rassemblé dans notre petit sac, mais on a été pris au dépourvu.

On était sur le canapé devant la télé, je ne me souviens plus de ce que l'on regardait exactement. Ah si je crois que c'était *Des racines et des ailes* au Japon. Marjan se plaignait d'avoir mal, cela faisait au moins dix fois qu'elle se passait la main sur le ventre en serrant les dents :

« Mon Dieu, mon Dieu, ça promet pour le jour J. »

Comme le jour J était prévu dans un mois, il n'y avait pas de raison de s'affoler. Tartempion était sur son fauteuil, à côté du poêle. D'habitude il aurait été sur le dos, le ventre à l'air, à dormir comme un bienheureux, mais aujourd'hui, va savoir pourquoi, il avait pris la position du sphinx, en train de veiller au grain.

« Tu devrais appeler le docteur Collin », m'a-t-il dit en plissant des yeux.

« Tu veux que j'appelle le docteur Collin ? » ai-je demandé à Marjan.

« Non, ça va passer, c'est nerveux. Je vais prendre un cachet, ça va passer », m'a-t-elle répondu en allant à la salle de bains.

Elle s'est levée, j'ai baissé le son de la télévision et pour patienter j'ai commencé à surfer sur Internet avec mon téléphone. Il ne s'était rien passé de neuf dans le monde depuis la dernière fois où j'avais regardé, c'est-à-dire il devait bien y avoir cinq bonnes minutes. Tant pis.

« Tu devrais aller voir où est Andromeda », m'a dit Tartempion.

« Ça fait vingt fois que je te dis que cette appli est complètement dans les choux. »

« Ça ne coûte rien de vérifier, peut-être ont-ils fait des mises à jour. »

J'ai ouvert FreeBird, la planète s'est mise à tourner, a ralenti sur la Méditerranée sans s'arrêter cependant, puis enfin s'est immobilisée. Des coordonnées GPS sont apparues : Andromeda avait volé jusqu'en Iran.

« Qu'est-ce que je disais… C'est du grand n'importe quoi. »

« Qui sait… Dans la vie ce n'est pas possible, ce n'est pas possible, jusqu'au jour où c'est possible. »

Le sphinx commençait à m'énerver, je préférais lorsqu'il me demandait simplement des croquettes. J'allais lui rabattre son caquet de philosophe à quatre pattes lorsque Marjan est apparue sur le pas de la porte :

« Chéri, ça te gênerait d'appeler le docteur Collin ? Ça me fait vraiment mal, ça n'a pas l'air de vouloir passer, mais alors pas du tout. »

Évidemment que non, ça ne me gênait pas, va t'allonger, je le préviens tout de suite. J'ai appelé au cabinet : ça n'a pas répondu. J'ai enchaîné sur son portable : il a décroché.

« Je suis en consultation chez un patient à Sivergues, je vais mettre une plombe avant de pouvoir arriver. Ce que vous me dites m'inquiète un peu, je vous envoie la sage-femme, elle est la mieux placée pour évaluer la situation. »

Marjan s'était allongée dans notre lit, et à voir sa tête,

ça allait de mal en pis, on aurait même pu dire que ça n'allait pas du tout. Je faisais ce que je pouvais, mais à part lui préparer du thé et lui tapoter son oreiller, la vérité s'étalait toute nue : je ne servais à rien.

Je ne sais pas trop combien de temps on est restés là comme ça tous les deux, je pourrais juste vous dire que ç'a été très long et très court à la fois. À un moment, ça a sonné à la porte : je suis allé ouvrir, la sage-femme venait d'arriver.

« Merci d'être venue aussi vite, c'est par là », lui ai-je dit en la conduisant à travers le salon jusqu'à la chambre.

Elle a commencé à ausculter Marjan ; je suis resté à côté du lit, contre le mur, avec la désagréable sensation de ne servir toujours à rien. Au bout de dix minutes, on a encore sonné à la porte. Je suis allé ouvrir : cette fois, c'était le docteur Collin.

« J'ai fait aussi vite que j'ai pu », m'a-t-il dit à travers sa moustache. Sa chemise qui collait à sa grosse bedaine témoignait pour lui. Je l'ai conduit à notre chambre à coucher. La sage-femme avait fini d'ausculter Marjan :

« Bon, on va vers l'accouchement là, c'est sûr. »

« On la transfère à la maternité ? » a dit le docteur Collin, à mi-chemin entre question et affirmation.

« Je pense pas qu'on va avoir le temps, ça va aller vite si vous voulez mon avis. »

Un cri de Marjan a abrégé la conversation.

« Allez, on appelle les pompiers et on fait l'accouchement à domicile », a conclu la sage-femme.

« Il faut que tu fasses de la place dans le salon pour qu'ils puissent passer, ils vont avoir du matériel avec eux », m'a dit le docteur Collin en se tournant vers moi.

Votre serviteur à ce moment-là se confondait avec la tapisserie. J'ai été bien content que quelqu'un me donne quelque chose à faire. J'ai balbutié oui, oui d'accord, caressé le front de Marjan et suis retourné dans le salon en me demandant par où commencer. Ça allait vite, trop vite. J'ai poussé la télé contre le mur, j'ai mis les deux chaises et la table basse sur le canapé, et j'ai tiré le canapé contre le poêle, bien collé au gros fauteuil de Tartempion. Il était là, toujours assis. Il m'a regardé et m'a dit en plissant les yeux :

« Courage, ça va bien se passer. Vous n'êtes pas les premiers et vous ne serez pas les derniers. La sage-femme sait ce qu'elle fait. »

Je suis retourné dans la chambre pour voir comment allait Marjan mais à peine arrivé à côté du lit, ça a encore sonné à la porte. Je suis allé ouvrir, c'étaient les pompiers. Dieu que ça allait vite. Ils étaient trois. Nous avons traversé le salon, et le docteur Collin nous a ouvert la porte de la chambre. Derrière lui, on entendait la sage-femme donner des instructions et Marjan qui soufflait tant et plus.

« Il y a quelque chose qui crame », a dit le docteur Collin en me dévisageant. Je l'ai regardé sans comprendre, ses paroles refusaient de monter dans mon cerveau.

« Le brûlé. Ça sent le brûlé. Il y a quelque chose qui brûle. Il faut trouver ce que c'est », a-t-il répété lentement en me regardant dans les yeux, comme s'il parlait à un demeuré.

Je devais avoir l'air complètement décomposé, parce que le docteur Collin s'est cru obligé de sourire et de me taper sur l'épaule : « Allez, allez, le futur papa, c'est pas le moment de flancher. » J'ai entendu Marjan haleter, ou crier, ou bien les deux, je ne sais plus. Il a fait entrer les pompiers dans la chambre et a refermé la porte. Je me suis retourné. Quelque chose qui crame. Les plaques dans la cuisine ? Non, il n'y avait rien sur le feu. Pourquoi un incendie avait-il décidé de se déclarer à un moment pareil, ne me posez pas la question. La loi de Murphy. Le canapé. Le canapé contre le poêle. Ça devait être ça, le souci. Mais où avais-je la tête, nom de Dieu.

Je suis monté sur le canapé et j'ai regardé s'il touchait le poêle, et j'ai vu que ce n'était pas ça le problème. Marjan a crié pile à ce moment-là, ça, oui, je m'en souviens. J'avais oublié que derrière le canapé on avait planqué le rapace empaillé que nous avait offert Doumé, et qu'en poussant les meubles, le volatile s'était foutu tout contre le poêle et avait commencé à cramer. J'ai pris le piaf par une aile, je suis allé ouvrir la porte d'entrée et l'ai envoyé valdinguer dans les géraniums.

Je suis retourné dans la chambre et me suis mis juste à côté du lit. Nos yeux se sont croisés avec Marjan et elle m'a pris par la main. Après, je ne sais plus. Je me souviens que je regardais ma montre toutes les cinq minutes, mais je serais bien incapable de vous dire le temps que ça a duré. Une heure, pour sûr. Peut-être deux. Trois, je ne pense pas. Je ne servais à rien.

La sage-femme donnait ses instructions, encore et toujours, et Marjan continuait à souffler et crier, encore et encore plus fort. À un moment il y a eu des conciliabules entre la sage-femme et le docteur Collin. Ils parlaient à voix basse, entre eux. On a compris avec Marjan à ce moment-là qu'il y avait quelque chose qui n'allait pas, que ça clochait.

Le docteur Collin s'est approché de nous et il nous a glissé :

« Le bébé ne comprend pas ce que l'on attend de lui… Il ne pousse pas dans le bon sens… »

Et il a presque aussitôt rajouté :

« … à croire que le bébé ne veut pas venir. »

Les paroles du docteur Collin ont résonné dans ma tête, provoquant de la houle sur les motifs du papier peint. Elles se sont mises à tourner en boucle.

« C'est à croire que le bébé ne veut pas venir. »

« C'est à croire que le bébé ne veut pas venir. »

« C'est à croire que le bébé ne veut pas venir. »

Évidemment. Comment n'y avais-je pas pensé plus tôt ? Évidemment. Comment avais-je pu être aussi bête ? Des fois vous avez les choses sous votre nez, et il faut qu'elles vous sautent au visage pour les voir. J'ai lentement desserré la main de Marjan. Courage, je reviens dans une minute. La tapisserie m'a propulsé dans la chambre entre la sage-femme, le docteur Collin et les pompiers. Ils parlaient de transfert à la maternité. Personne ne me prêtait plus attention. Je suis passé à travers eux. L'homme invisible.

J'ai traversé le salon. Mes clefs. Où étaient mes clefs ? Dans le vide-poche à côté de l'entrée. Je les ai prises et je suis sorti. Kangouroux était garé juste là. J'ai ouvert la porte arrière : j'y ai au cas où deux-trois outils, qui se baladent entre la maison et l'atelier, selon les besoins. J'y ai aussi un gros pain d'argile, ça peut toujours servir. J'ai pris le fil d'acier, ai découpé une tranche fine, si fine qu'on y voyait presque à travers. J'ai attrapé aussi un scalpel, j'en ai toute une ribambelle, et j'ai refermé la porte de Kangouroux.

Je suis vite rentré et suis allé m'asseoir sur le canapé, juste à côté de Tartempion. Marjan criait de plus en plus fréquemment. J'ai malaxé d'une main l'argile, pour la transformer en une petite boule compacte, puis l'ai posée à plat sur ma cuisse. On fait avec les moyens du bord, que voulez-vous.

« Je sais ce qu'on s'est dit sur les santons, mais si c'est le seul moyen pour y arriver, hein, je vais pas faire le difficile », ai-je dit à Tartempion.

Môssieur n'a pas répondu : il ne devait pas approuver ce retournement de politique. Tant pis. Marjan a crié un peu plus fort dans la chambre. Il fallait que je me dépêche. La petite boule d'argile s'est vue naître une petite tête. J'ai respiré, mais ce n'était pas gagné pour autant.

« Allez, maintenant, les traits du visage. C'est le plus difficile, souhaite-moi bonne chance. »

Tartempion est resté silencieux, mais qui ne dit mot consent, comme on raconte. C'est vrai que c'est le plus difficile : regardez bien dans les crèches, le petit Jésus a toujours un visage comme s'il avait été sorti au forceps de la Vierge Marie. Ça m'aurait ennuyé que mon enfant se balade toute sa vie avec une tête pareille.

Marjan a poussé un nouveau cri. Un coup avec le plat du couteau Swakopmund pour la bouche, comme ça, léger. Appuyer vers le haut, puis vers le bas, pour les lèvres. Presser mes deux index pour faire le nez, tout petit, trois fois rien, un nez de chérubin. Avec les bouts de mes pouces, simultanément, les deux yeux. Avec la pointe du couteau, tac, tac, deux fois, pour les rétines. Surtout ne plus rien toucher. Comme ça, c'était bon.

J'ai repris mon souffle. Marjan a encore crié. Je me suis essuyé le front avec le bras et je m'y suis remis.

« Allez, je m'y recolle », ai-je soufflé à Tartempion. On aurait entendu une mouche voler.

Perpendiculaires à la tête, juste comme ça, ont poussé deux petits bras. Deux petits boudins, s'appliquer pour les mains, faire les doigts en imprimant la pointe du couteau. Marjan a presque hurlé. Encore un effort, me suis-je dit. J'ai fait un boudin, très fin, avec un reste d'argile, l'ai écrasé entre l'index et le pouce : un petit linge, que j'ai enroulé juste en dessous des bras.

Ça y est, il n'y avait plus rien à faire. J'ai voulu prendre un peu de recul pour voir à quoi tout cela ressemblait, mais je n'en ai pas eu le temps : derrière la porte, on a entendu un cri perçant. Quelqu'un que je ne connaissais pas, ou du moins pas encore.

« Tu vois, je te l'avais dit », ai-je souri en me retournant vers Tartempion.

Il était là, la tête reposant sur les pattes, immobile. On aurait pu croire qu'il dormait.

## FREEBIRD
## 35°57'04"N 52°06'32"E

*La Simorgh est un oiseau fabuleux de la mythologie persane, si gigantesque qu'elle pouvait emporter un éléphant dans ses serres. Elle habitait au sommet du mont Alborz et nichait dans Gaokerena, l'Arbre de vie, dont les feuilles pouvaient guérir n'importe quelle blessure. La Simorgh était si ancienne qu'elle avait déjà vu par trois fois la destruction du monde : elle avait accumulé toutes les connaissances de trois civilisations successives, si bien que sa sagesse était immense. Les Perses lui prêtaient une existence longue de 1 700 ans, avant qu'elle ne plonge d'elle-même dans les flammes et n'en ressorte sous la forme d'un jeune oisillon. Ferdowsi lui accorde dans son Livre des Rois toute la place qu'elle mérite.*

*Zaal, le fils du roi Saam était né albinos. Il avait « le visage du paradis, mais les cheveux d'un vieil homme ». Le père rejeta l'enfant, voyant dans tout ce blanc le signe du démon, Ahriman, et l'abandonna au bord d'une route, sur les contreforts de l'Alborz. La Simorgh entendit les pleurs de l'enfant, le prit délicatement dans ses serres et l'emmena dans son nid, tout au sommet de la montagne. Nounou attentive, elle commença à l'élever, et Zaal grandit sous son aile.*

*Un jour, une caravane qui avait perdu son chemin vit de loin, au sommet de la montagne, un jeune homme*

*« dont le corps était comme un cyprès, dont la poitrine était comme une montagne d'argent, et dont la taille était aussi fine qu'un roseau ». De retour en ville, le conducteur de la caravane raconta son aventure, et ses dires arrivèrent aux oreilles du roi. Saam comprit que son fils avait survécu et se mit à éprouver un remords grandissant. À la fin, il n'y tint plus et retourna sur les contreforts de l'Alborz, qu'il se mit péniblement à gravir. Zaal vit son père escalader les rochers et comprit ses intentions. Il s'y refusa avec obstination, par fierté comme par amour envers celle qui l'avait recueilli. Mais la Simorgh était sage parmi les sages et, bien que son cœur soit rempli de tristesse à l'idée de la séparation, elle fit entendre raison à Zaal : « Tu es homme, et tu dois vivre dans le monde des hommes. » Au moment du départ, elle lui fit un cadeau d'adieu : elle lui offrit une de ses plumes, en lui disant de la brûler le jour où il aurait besoin d'aide.*

*Et Zaal de retrouver son père, et Zaal de vivre dans son nouveau royaume. Les années passèrent, et il fit ce que font tous les hommes à un certain âge : il tomba amoureux et épousa la belle Rudabeh. Quand vint le temps de l'accouchement, le labeur se passa mal : l'enfant s'y prenait mal, il ne voulait pas sortir. À un certain point, il fut évident que ni l'enfant ni Rudabeh ne survivraient à l'épreuve. Pris de désespoir, il se saisit de la plume de la Simorgh, cette plume qui ne l'avait jamais quitté. Il y mit le feu, et les flammes s'élevèrent en même temps que les cris de Rudabeh. Zaal regarda dans le ciel en direction du soleil, se demandant si sa bienfaitrice l'avait oublié. Il n'eut même pas le temps de cligner des yeux qu'un point apparut dans l'azur : petit, tout petit, et puis de plus en plus gros.*

*C'était la Simorgh qui, fidèle à son serment, revenait vers celui qu'elle avait toujours gardé sous son aile. Elle comprit la terrible situation et, puisant dans son savoir immense, enseigna aux médecins du roi l'art de la césarienne, avant de reprendre son envol.*

*Et Rostam de naître, le plus grand héros que la Perse ait connu. Mais tout cela est une autre histoire…*

# LE PASSEUR
# DE FEU

## 1. LE SUCCESSEUR

Je suis un passeur de feu.

Oh, je sais bien ce que vous êtes en train de vous dire. Je vois ce petit sourire en coin que vous essayez de cacher tant bien que mal. Vous pensez « encore un de ces nouveaux marabouts. Rebouteux le vendredi, sourcier le dimanche ».

Vous n'avez sans doute pas tort. Peut-être même avez-vous raison. À vrai dire, j'ai l'habitude de ce regard goguenard à La Poste, aux impôts, ou ailleurs, lorsqu'on me demande ma profession. C'est ce même regard qu'ont les maris, les conjoints ou les proches qui accompagnent mes patients dans la salle d'attente : ils se sont fait bassiner pendant de longs mois, et au final, ils ont cédé, ils accompagnent leur malade chez celui qui profite de leur crédulité.

Ce que vous ignorez, en revanche, c'est le regard du patient qui sort de mon cabinet. Un regard de moindre souffrance. De plénitude. De reconnaissance aussi.

Je ne suis pas né avec un don, une prédisposition ou je-ne-sais-quoi. Je n'ai pas vécu d'évènement traumatisant, d'expérience proche de la mort ou d'illumination religieuse. Bien évidemment, je n'ai pas fait d'études de médecine, ou même de kinésithérapie : en fait, je n'ai même pas de diplôme, de certificat ou quoi que ce soit d'autre.

Non, rien de tout cela. Enfant, j'habitais simplement à côté d'un passeur de feu. Dans le village, certains se foutaient ouvertement de sa tête : les notables, comme l'instituteur, le médecin et bien sûr le curé. Mais ils restaient une minorité, et la plupart des gens traitaient le passeur de feu avec un mélange de curiosité, de distance et de respect. Je me souviens d'une fois où on s'était amusés à envoyer des cailloux contre ses volets ; mon père m'avait flanqué une rouste qui m'avait passé l'envie de recommencer. En grandissant, j'ai compris qu'il rendait tout un tas de services aux gens. Et, que l'on y croie ou pas, les services, ça compte dans la vie d'un petit village.

Le fils de l'épicière qui avait sauté sur une mine à la guerre d'Algérie et qui en était revenu complètement fada. Il avait parfois des crises, se mettait dans des états pas croyables et gueulait comme un veau. Personne n'arrivait à le calmer, pas même sa mère. On appelait le passeur de feu, et il lui passait le feu qui brûlait dans sa tête.

L'ouvrier qui s'était vu un wagon d'ocre lui rouler sur les jambes et qui ne pouvait plus marcher, qui se plaignait que les fourmis et les crampes lui dévoraient les membres : on n'appelait pas le médecin, on appelait le passeur de feu.

Et puis tant d'autres, qui souffraient mais qui n'osaient pas y aller ouvertement pour que ce ne soit pas le dit, et qui passaient par la porte de derrière.

Tout ça pour vous expliquer qu'un jour on était allés fumer des lianes dans le grenier d'une maison abandonnée. C'était rigoureusement interdit, vous pensez bien. Pas de bol, des cabrians y avaient fait leur nid ; et même si courage, fuyons, j'en fus quitte avec trois belles piqûres sur le bras. Sitôt arrivé à la maison, je les cache tant bien que mal mais mon père, à qui on ne la fait pas, les a vues tout de suite.

Ni une ni deux, il a appelé le passeur de feu. Ça enflait à vue d'œil, ça me brûlait comme c'était pas permis. Le passeur de feu est arrivé dans ma chambre, il s'est approché de là où les cabrians m'avaient piqué, et a marmonné quelque chose pendant deux minutes, en soufflant dessus. Il a relevé la tête : ça ne brûlait plus. C'est tout.

Mon père l'a remercié puis lui a demandé combien on lui devait. C'était par pure politesse. Tout le monde savait que le passeur de feu n'acceptait jamais d'être payé pour ses services. Il disait que s'il acceptait l'argent, le Don lui serait retiré. Comme il fallait s'y attendre, le passeur de feu a rigolé et a dit à mon père « rien, tu plaisantes ».

Je pense que c'est à ce moment-là que tout s'est joué. J'étais là, allongé sur le lit avec mes piqûres de cabrian, je me suis mis à pleurer et j'ai dit, entre deux sanglots : « Je… je suis désolé d'avoir jeté des cailloux sur vos volets, je ne le ferai plus. » Mes yeux embués de larmes ont croisé ceux du passeur de feu, il m'a regardé avec un regard d'aigle, un regard qui vous perce. Il a eu un long silence, puis a souri : « C'est pas grave, va, je n'arrivais pas à dormir de toute façon ce jour-là. »

Et ce fut tout. Des années ont passé, j'ai grandi. J'avais complètement oublié cette histoire, ça se réduisait à un petit hochement de tête lorsqu'on se croisait dans la rue, bonjour-bonjour, au revoir-au revoir. Et puis un jour, en rentrant du lycée, j'ai trouvé mon père qui m'attendait dans le salon.

« Il faut que tu ailles chez le passeur de feu, il veut te voir. » J'ai posé quelques questions, le pourquoi du comment : aucune réponse, mon père n'en savait rien, dépêche-toi, ça fait déjà deux fois qu'ils appellent. J'ai pris mon vélo et suis donc allé chez lui. J'ai sonné ; une vieille que je ne connaissais pas m'a ouvert. J'ai balbutié en commençant à me présenter mais elle ne m'a pas laissé finir : « Je sais qui tu es. Viens, il t'attend. » Je l'ai suivie dans un long couloir qui n'en finissait plus, puis elle m'a fait entrer dans une grande chambre. Les rideaux étaient tirés, il y faisait sombre ; seule une petite lampe de chevet était allumée. La vieille a refermé la porte derrière moi, elle n'est pas entrée.

Une voix extrêmement faible est sortie du tréfonds du lit : « Viens, approche, n'aie pas peur. » Je me suis avancé vers le lit et j'ai distingué la tête du passeur de feu, toute maigre et enfoncée au centre d'un oreiller gigantesque.

« Je n'en ai plus pour longtemps », il a dit, moitié-souffle, moitié-rauque.

« Il ne faut pas que le Don meure avec moi. Je t'ai choisi. Je vais te le donner. Je vais te donner le Don. »

J'ai bégayé, je lui ai demandé pourquoi moi.

« Il n'y a pas de raison à avoir. Ça se sent, c'est tout. Tu verras, quand tu le donneras à ton tour, tu sentiras à qui tu dois le donner. Ne le laisse pas mourir avec toi, fais attention. Il ne faut pas qu'on le perde à ta mort ; c'est le Don. Si tu ne le transmets pas, la nature le reprendra et ce sera perdu pour les gens. »

J'ai hoché la tête, pour faire signe que j'avais bien compris.

« Tu parles provençal ? »

J'ai répondu que non.

« C'est pas grave, c'est pas bien compliqué à retenir. Approche. »

J'ai tendu l'oreille, mais il m'a agrippé le bras avec sa main, d'une force que je ne pensais pas qu'il avait encore. Je me suis retrouvé à deux millimètres de sa bouche. Et il m'a dit les mots. Les mots du Don. Une première fois. Lentement, très lentement, pour être sûr que je les mémorise, et puis plus rapidement, deux ou trois d'affilée.

« Répète », il m'a dit pour être sûr que je les avais. J'ai répété. Il me l'a fait dire trois fois.

« C'est bien, tu l'as. »

Il a paru soulagé, m'a lâché et s'est enfoncé dans son

oreiller en fermant les yeux. Il n'a plus bougé pendant un moment, si bien qu'à la fin j'ai cru qu'il était mort.

« Ça… ça va ? »

Il a rouvert les yeux.

« Lorsque quelqu'un a le feu en lui, il a un mal qui le ronge. La douleur est dans le corps, elle essaie de sortir mais elle n'y arrive pas, elle consume le corps dans lequel elle est. Elle va se consumer autour des nœuds, par là où elle est rentrée, là où le corps la combat, par là où elle essaie de sortir.

Les mots que je t'ai dits aspirent les flammes. Ça extrait le feu hors du corps. Il faut que tu l'attires à l'extérieur, et que tu le réceptionnes en toi. Le Don te protégera de la flamme. Si tu acceptes de l'argent ou quoi que ce soit en échange du Don, tu le perdras, et il ne sera plus là pour te protéger. Tu aspireras le feu mais il te brûlera, et tout sera perdu. »

Il s'est reposé un instant, puis a repris :

« Tu dois passer le feu : tu le prends aux gens, et tu le restitues au Don. C'est tout. Tu le passes, tu ne le combats pas, ou tu ne le gardes pas en toi. Fais attention de ne pas prendre plus que le Don est capable d'absorber. Il n'est pas infini. Vas-y doucement au début, tu apprendras petit à petit ce que tu es capable de passer. C'est tout. Redis-moi les mots encore une fois, et laisse-moi seul. »

Je lui ai redit les mots, il a cligné des yeux pour me dire que c'était bon puis les a refermés. J'ai quitté la chambre en silence et suis rentré chez moi. Mon père, ma mère, personne ne m'a posé de question. On est passé à table, tout le monde mangeait sans rien dire.

Au moment du fromage, le téléphone a sonné : le passeur de feu était parti.

## 2. LE PREMIER PATIENT

Voilà, c'est comme ça que je suis devenu passeur de feu, je ne saurais pas mieux vous dire. Je n'y ai pas cru tout de suite, ça n'a pas changé quoi que ce soit dans ma vie. J'allais toujours au lycée, j'avais toujours mon appareil dentaire et mes problèmes de boutons. Je crois même que si vous m'aviez demandé à l'époque ce que j'en pensais, je vous aurais répondu que tout ça, c'était du flan. Pendant six mois, peut-être même plus, toute cette histoire de Don et de feu est restée aux oubliettes.

Et puis un jour, au moment du dîner, on a frappé à la porte. Mon père est allé ouvrir et est revenu avec deux personnes. Il y avait la vieille qui m'avait ouvert chez le passeur de feu. Elle tenait la main à une petite fille qui pleurait toutes les larmes de son corps.

« C'est la petite des Cléments. Elle jouait dans la cuisine et elle a renversé la bouilloire sur elle, c'était il y a dix minutes. »

Sans que je m'en rende compte, en moins de temps qu'il n'en faut pour le dire, la vieille, mes parents et mes deux sœurs ont disparu sans poser de questions, et je me suis retrouvé seul avec la petite, sans trop savoir quoi faire. J'ai jeté un coup d'œil à son bras, ça faisait mal rien qu'à le regarder. Rouge comme une écrevisse, boursouflé comme la peste bubonique. Elle ne s'était pas loupée, ce n'était pas ici qu'il fallait l'emmener mais aux urgences, ai-je pensé.

Je vais faire semblant de faire mon petit truc rapidement, et après je leur dis de l'emmener à l'hôpital, ai-je continué dans ma tête. J'ai approché ma main du petit bras et c'est à ce moment-là que je l'ai senti. Lui. Le feu. Je m'en souviens comme si c'était hier. J'ai entendu l'eau à plus de cent degrés qui ruisselait sur la peau, le derme qui cramait, la chaleur qui se répandait d'un tissu à l'autre. J'ai vu le feu qui brûlait tout, qui mangeait tout ce qu'il pouvait et qui continuait à ronger la petite comme si de rien n'était. J'ai senti son mal, ça me faisait presque pleurer.

Je pensais avoir besoin d'un effort de mémoire pour me rappeler des mots du Don, mais non, je n'ai pas eu à me forcer, ils étaient là, sur le bout de mes lèvres, ils voulaient couler comme l'eau d'une source qui s'est trop longtemps retenue.

Je me suis approché de la peau rouge et boursouflée, et les mots se sont échappés, ils ont couru sur le petit bras. J'ai senti qu'ils cherchaient le feu dans le tréfonds des cellules, là où les flammes espéraient continuer à faire du mal. Ils le traquaient. Dans les nerfs, dans les veines, dans les tissus. À un moment ils l'ont trouvé, ils ont aspiré ses flammes, ils ont éteint ses braises.

Et puis les mots sont revenus, chargés du feu, de la douleur qu'ils venaient d'extraire. Ils ont quitté le corps de la petite et sont revenus chez leur dépositaire, dans le creux des poumons qui les avaient insufflés. J'avais cru souffrir en posant ma main sur le bras de la petite, mais je peux vous dire que ce n'était rien comparé à la douleur dont les mots se sont déchargés dans mes poumons. J'ai senti le feu qui y brûlait l'oxygène, qui s'y donnait à cœur joie dans ce nouveau corps, dans ce nouveau réceptacle où il y avait tant à consumer.

Comment Dieu est-ce possible, pourquoi diable suis-je en train de m'infliger ça, me suis-je demandé. De l'eau bouillante dans les poumons, je n'y arriverai pas, ai-je pensé. Il faut que je le rende à la petite, tant pis pour elle, ça devait bien être interdit de jouer dans la cuisine, non ?

Et c'est à ce moment qu'il m'a défendu. Lui, le Don. Je l'ai senti venir du sol, passer à travers mes pieds et remonter dans mes jambes, s'agripper au feu de toute sa puissance, l'extirper de mes poumons et retourner avec lui dans la terre.

Tout est redevenu normal. Le feu n'était plus là, le Don était parti. La douleur avait disparu, la petite fille souriait. Elle avait l'air aux anges. C'est tout. Dans mes souvenirs je suis allé me coucher tout de suite après, je me suis effondré et j'ai dormi du sommeil du juste.

C'était il y a trente ans, ma première patiente. Il y en a eu beaucoup d'autres depuis. Des brûlures au premier ou au second degré. Des morsures, des piqûres, des crises. Des manques. Toutes ces formes que peut prendre le feu. Toutes, j'essaie de les passer au Don du mieux que je peux. Je ne me fais payer pour aucune. Je n'en tire aucun profit. Je travaille à côté pour gagner ma vie. Le matin, je vais chez les personnes dépendantes pour les aider dans leur quotidien ; et l'après-midi, je reçois mes patients, je leur passe le feu.

## 3. LA MARIE CURIE

J'ai ouvert la porte : elle attendait là, sur une des chaises, assise bien sagement en feuilletant des magazines. Elle avait pris rendez-vous il y a quinze jours, une certaine Mme Bornant qui n'était jamais venue auparavant et que je ne connaissais pas. Je lui avais demandé au téléphone la raison de son rendez-vous, et elle m'avait répondu presque pudiquement : cancer, et séances de laser.

Je l'ai fait entrer. Je fais mes consultations à la maison, au rez-de-chaussée : le vestibule me sert de salle d'attente, une première pièce fait office de bureau et dans une seconde, plus petite, je traite les patients. Je vis à l'étage.

C'était une dame d'un certain âge, mais ça se voyait qu'elle ne lâchait rien, elle restait bien mise, sur son trente-et-un, son chignon impeccablement tiré, son tailleur à quatre épingles, ses petites lunettes parfaitement ajustées sur le nez.

Elle a commencé à parler, spontanément, comme ça, et je l'ai écoutée. Avec l'expérience, j'ai appris l'importance d'écouter. C'est presque aussi important que le passage du feu. Écouter, ça n'est pas aussi facile que ça en a l'air : il ne suffit pas de se taire et de dire « oui, oui » de temps à autre. Il faut que la personne sente que ses paroles font écho en vous. Et si vous savez écouter, vous apprendrez quel type de feu la fait souffrir, de quoi sont faites ses flammes, où se cachent les braises qu'il va falloir extirper. Au contraire, si vous n'arrivez pas à saisir ce que vous dit la personne, ça prend le chemin d'une conversation de sourds, vous risquez de noyer à grandes eaux la maison alors que l'incendie est chez le voisin.

Elle était la première surprise d'être ici, m'a-t-elle dit. Elle ne croyait pas du tout en « ce genre de trucs », voyez-vous, parce que, avant tout, elle était physicienne de formation. Elle avait passé sa vie dans la physique, et plus précisément la physique nucléaire. Elle croyait en la science.

« Avec les atomes, ça a toujours été la grande passion. C'est grâce à eux que je suis rentrée à Centrale, et c'est aussi grâce à eux que j'ai rencontré l'autre grand amour de ma vie, Antoine. »

Elle a continué ainsi, à me raconter sa vie. Ça n'était pas pour faire la conversation ; non, elle voulait par-là souligner à quel point elle était une femme sérieuse, intelligente, indépendante, pas du tout le genre à venir consulter un marabout de campagne. Elle répondait à ses propres scrupules. À l'écouter, on pouvait voir tout son tiraillement : après tant d'années au service de la science, s'en remettre à des superstitions, non mais pensez donc. Il fallait que le feu qui la dévore soit bien douloureux pour qu'elle se décide à passer outre ses convictions.

Sa vie, de fait, était impressionnante. À la sortie de Centrale, elle s'était mariée avec son Antoine : les camarades de promotion les avaient appelés Pierre et Marie Curie. Ils étaient devenus militaires, pas vraiment par conviction, plutôt par conformisme, par application de leur rang de sortie au classement général. Et ils cherchaient un employeur qui ne les séparerait pas. À l'époque, l'armée embauchait des physiciens à tour de bras : Gerboise bleue avait inauguré le début d'une longue série d'essais nucléaires qu'il fallait préparer, quantifier, analyser.

« Le Sahara, nous n'avons pas connu. Nous étions trop

jeunes. Mais lorsque nous avons été embauchés, notre première affectation a été la Polynésie. »

Elle souriait, elle revivait ces moments. On pouvait voir, derrière ses petites lunettes, la lune de miel à Tahiti, le premier enfant, puis le second.

« Et puis nous avons été mutés en Provence, sur le plateau d'Albion. De Gaulle venait d'y installer la force de frappe nucléaire. C'est comme ça, l'armée : tous les cinq ou dix ans, vous êtes mutés. Ça nous allait bien : on se rapprochait du reste de la famille, les enfants allaient poursuivre leurs études en métropole… Et puis la région est magnifique, ça a été un autre coup de foudre. »

Je me souvenais de ces années 70, de cette installation de missiles atomiques sur le plateau : nos parents avaient vu débarquer tous ces militaires en se demandant ce qui leur tombait sur le coin du nez.

« Nous avons acheté une maison vers Sault, et au final, nous sommes restés ici près de quinze ans. Julien a fait HEC, il travaille dans la finance, et Sophie a suivi la trace de sa mère : elle a fait Polytechnique, elle travaille au CNRS en physique quantique. Elle a soutenu sa thèse sur l'intrication des photons, un beau sujet. Et, lorsque Jacques Chirac a relancé le programme d'essais nucléaires, nous avons rempilé : nous avons mis la maison en location et nous sommes repartis à Tahiti. Un dernier baroud pour l'honneur, comme a dit Antoine. Je n'avais plus la souplesse d'une vahiné mais toujours l'amour des colliers de fleurs, ils sont si beaux. »

À ce moment, elle a dû se rendre compte qu'elle s'était épanchée dans ses souvenirs plus qu'elle ne l'aurait voulu.

« Bref, à la retraite, nous sommes revenus en Provence. Antoine est mort d'un cancer de la prostate il y a deux ans, et il y a trois mois, on m'a diagnostiqué une tumeur au sein gauche. On m'a tout enlevé par précaution et maintenant je fais des séances de laser. »

Et, enfin, elle en est arrivée au sens de sa visite : « Julien est venu au début, pour m'aider, mais il est tellement occupé par son travail, chaque fois j'ai peur de le déranger. Sophie vient un week-end sur deux, mais elle a sa vie, des enfants et un mari, je ne veux être un poids pour personne. En semaine, après chaque séance, je suis seule, si seule, et ça me brûle, ça me brûle, si vous saviez. »

Elle a rajouté, comme une dernière justification « on m'a donné des cachets mais ça continue de me brûler. Lorsqu'une voisine m'a parlé de vous, je l'ai mentionné à mon médecin traitant. Il m'a dit qu'il approuvait tout ce qui pouvait faire du bien au patient, alors… ».

Là-dessus, je n'ai pas laissé le silence s'installer : elle venait de se dévoiler, ce n'était pas le moment qu'elle se sente à la fois mise à nu et à l'écart. Je l'ai remerciée pour tout ce qu'elle venait de me dire, il n'y avait aucune honte à être venue ici et j'étais parfaitement d'accord avec son médecin traitant. Si ça lui faisait du bien, eh bien tant mieux, et si ça ne lui faisait rien, on s'arrêterait là.

J'ai ajouté que j'avais déjà été confronté à des types de feu hérités du laser, de la chimio, ou encore de la radiothérapie. Ce sont des feux difficiles à combattre. Il y a d'abord le feu de la tumeur même, qui est difficile à isoler parce qu'il se confond avec le feu du corps. C'est comme si on vous demandait d'éteindre un incendie, à la condition qu'il continue à chauffer la maison mais sans rien brûler, hein, attention. Et puis il y a le feu du traitement, celui qui est infligé par les médecins. C'est Hiroshima à la puissance dix, avec des cadences répetées, successives. Il brûle et souffle tout sur son passage. Souvent, il reste des bouts de flamme, des braises à droite à gauche, qui font souffrir le patient. C'étaient précisément ces sentiments de brûlure dont parlait Mme Bornant.

Il est difficile de distinguer ces feux, de savoir d'où viennent les flammes : de la maladie, du traitement ou des séquelles. J'aurais pu lui dire tout ça, mais je ne l'ai pas fait. Je lui ai simplement dit que j'avais déjà travaillé sur ce type de feux, que je les connaissais bien, et que les résultats sont généralement probants. Et que si elle le souhaitait, on pouvait passer à côté dès aujourd'hui pour commencer.

« Il… il faut que je me déshabille ? »

« Seulement la zone exposée au laser, et seulement si cela vous convient. Sinon, il n'y a pas de souci. Je mettrai vos mains dans les miennes et on fera ainsi. Appelez-moi quand vous êtes prête. »

Elle s'est levée, je l'ai laissée un instant puis je l'ai rejointe. J'ai posé la paume de ma main sur sa cicatrice et j'ai fermé les yeux. Je me suis concentré. Il n'y avait rien, juste le grand vide, comme après le souffle d'une explosion. On sentait qu'on était sur le théâtre d'une grande violence passée, les ruines après la bataille, les cendres après l'incendie. Je me suis concentré, j'ai froncé mes paupières pour voir jusqu'au bout des tissus, pour voir où pouvait se cacher ce feu qui la faisait tant souffrir. Il n'y avait rien, c'était juste un grand nulle part.

J'ai rouvert les yeux, pris une profonde respiration, et j'ai posé mes deux paumes, bien à plat, pour couvrir l'intégralité de la zone. Le feu n'est pas toujours facile à trouver ; mais si vous abandonnez, si vous croyez qu'il n'y a rien juste parce que vous ne le voyez pas, vous condamnez le patient une seconde fois. Non seulement il souffre de la brûlure du feu, mais il se croit aussi perdu ; que tout ça, c'est dans sa tête et que plus rien ne peut le sauver. Or, toute personne a droit à l'espoir. L'espoir de pouvoir aller mieux.

J'ai refermé les yeux et j'ai replongé. Tout était noir, de la cendre à perte de vue, le vestige d'une éruption volcanique. Ils n'y étaient pas allés de main morte. J'ai raclé avec mes mains : un nuage de poussière. Creuser. Des scories. Creuser encore. Des pierres ponces. Creuser encore et encore. Et enfin, une sensation de chaud. Légère, très légère. Infime. Il y a quelques années, à mes débuts, je ne l'aurais pas senti, je serais passé à côté. Mais pas aujourd'hui.

J'ai redoublé d'efforts, j'ai continué à creuser, c'était de plus en plus chaud. Presque brûlant sur la fin. Et soudain, un feu est apparu. C'était un feu que je n'avais jamais vu, différent de celui que je connaissais habituellement. Un feu bleu. Des petites flammes bleues, frêles, aux formes parfaites. La terre brûlait. C'était la terre en soi qui brûlait, comme si les atomes qui la constituaient étaient eux-mêmes les braises que je cherchais.

J'ai prononcé les mots pour aspirer ces flammes naissantes, mais il n'y avait rien à faire, la terre se réenflammait instantanément, comme ça, à l'air libre. Je les prononçai encore, et encore, mais en vain, les flammes bleues rebéquaient.

Je suis sorti du trou et j'ai posé mes mains au-dessus. Comme si quelqu'un cherchait à en sortir et que je l'aidais. Les flammes ont aperçu mes mains et se sont dirigées vers elles. Je les ai aspirées. J'ai abandonné les mots et j'ai commandé à mes mains d'aspirer ces flammes, je ne voyais pas quoi faire d'autre. Les flammes se sont élancées vers moi, et se sont laissées absorber, de leur pointe jusqu'à leur source. Mais ça n'a pas suffi. D'autres flammes sont aussitôt apparues, et d'autres encore après elles. Derrière chaque scorie, il y avait une nouvelle flamme, tout aussi bleue, identique en tous points. Plus j'extirpai le feu de la terre, plus celle-ci en produisait. Plus j'aspirais, plus il en sortait. Plus j'absorbais, plus il en sortait, encore et encore. C'était à rien n'y comprendre, c'était sans fin, je n'avais jamais vu ça. Au bout du bout, je ne savais plus trop qui aspirait qui, si c'était moi qui extrayais le feu depuis ce trou ou bien si c'était lui qui m'avalait chaque fois un peu plus.

Le Don est venu à ma rescousse. Je l'ai senti seulement au niveau de mes hanches, ça m'a surpris. D'habitude je devine toujours à peu près lorsque j'ai capté le feu dans son intégralité, et que le Don va sortir de terre et monter au travers de mes jambes pour que je lui passe le Feu. Là, je ne l'ai pas vu arriver : j'étais complètement obnubilé par le trou, submergé par le feu qui en sortait.

Le Don est passé à travers mon buste, il est allé par mes bras jusqu'au bout de mes mains et là, il a puisé le feu directement à la sortie du trou. Il avait compris que je ne suffirais pas, que je ne serais pas à la hauteur face à lui. Il a réorienté mes mains, écarté mes doigts et a extrait de toute sa force le feu hors du trou. C'était impressionnant, je n'avais jamais vu ça auparavant. Il l'aspirait lui-même, ce chalumeau, cette torchère en fusion.

Les secondes, pour ne pas dire les minutes, se sont écoulées, lentement. Je ne sais plus à vrai dire : j'avais perdu la notion du temps. Cela m'a semblé une éternité. Une éternité hors du temps : le feu ne faiblissait pas, et le Don non plus. Les deux étaient là, et moi entre eux.

Au bout d'un moment, j'ai senti que le Don refluait. Ça m'a surpris : il ne reflue jamais avant que ne soit passé tout le feu. Je l'ai senti retourner à la Terre : mes coudes, mes épaules, mon bassin, mes genoux, et enfin mes pieds. Le Don était parti, et pourtant, le feu continuait de sortir du trou. Il continuait d'arroser mes mains. La torchère ne faiblissait pas.

J'ai rouvert les yeux, et j'ai repris pied dans mon cabinet. La patiente me regardait droit dans les yeux, avec sur son visage un air stupéfait, voire effrayé. J'ai fait mon possible pour ne pas avoir l'air décontenancé, pour prétendre que tout allait bien, que tout allait comme d'habitude. J'ai souri, j'ai cligné des yeux, et j'ai dit d'une voix que j'espérais normale que ce serait tout pour une première séance, que c'était bon, elle pouvait se recouvrir.

Je l'ai laissée seule et au bout d'une minute, elle a réapparu, en me demandant combien elle me devait. Ça a réussi à m'arracher un sourire : j'ai eu la force de lui dire que non, il ne fallait rien payer, surtout pas, je n'accepte jamais d'argent. Elle a eu l'air surprise et a insisté : je lui ai redit la même chose et l'ai raccompagnée gentiment à la porte. Je lui ai dit de laisser passer une semaine puis, si elle sentait que cela lui avait fait du bien, alors de revenir. Aucune obligation. Elle m'a remercié, dit au revoir, et j'ai refermé la porte. Aussitôt seul, je me suis effondré par terre. Je n'en pouvais plus.

## 4. LA PATIENTE

Deux jours ont passé là-dessus. Je n'ai pas réussi à dormir la première nuit, et presque pas la seconde. En journée, j'étais incapable de me concentrer un seul instant : mes pensées n'arrêtaient pas de revenir vers les dunes du Sahara, les atolls de Polynésie, les silos d'Albion. Je n'arrivais pas à me voir dans un miroir : à la place de mon visage, je ne percevais qu'une flamme bleue. Un long feu bleu qui consumait tout ce qui me passait au travers de la tête.

Je n'étais pas bien, c'était une évidence. J'ai ouvert mon répertoire et j'ai pris mon téléphone pour annuler un à un tous les rendez-vous de cette semaine. Je n'avais jamais connu un tel état.

Les premiers patients n'ont pas trop fait de difficultés : c'étaient des cas bénins, que je voyais régulièrement, ils ont accepté de repousser à la semaine suivante. Pour le cinquième appel, ça a été plus difficile. C'était une patiente que je voyais une fois tous les quinze jours, elle avait un zona sur son thorax qui lui faisait un mal de chien.

« Oui, bonjour, c'est au sujet de notre rendez-vous de demain matin, je vous appelle pour… »

Elle ne m'a même pas laissé le temps de finir.

« Oh, mon Dieu que je suis contente de vous avoir, mon zona me brûle depuis hier, si vous saviez ce que ça me brûle, je n'ai pas réussi à dormir de la nuit. »

J'ai hésité : je la connaissais bien, ce n'était pas du cinéma. J'ai balbutié, j'avais l'impression d'entendre déjà ses plaintes, ses supplications. Elle a continué à me détailler le registre de ses douleurs, et au final, je n'ai pas eu le courage de repousser son rendez-vous. Nous avons raccroché, elle venait toujours demain. De dépit, ou de fatigue, j'ai fermé les yeux. Dans le noir, une fine flamme bleue continuait de vaciller.

J'ai ouvert la porte : elle était là, pile à l'heure. Je l'ai laissée entrer, et je lui ai demandé comment ça allait, comme d'habitude. Je n'ai même pas pu écouter la réponse.

Elle est passée dans la pièce d'à côté et a enlevé son chemisier. Elle n'avait pas menti, la pauvre : c'était comme si on avait passé une passoire sous l'eau bouillante et puis qu'on la lui avait appliquée à même la peau.

« Ça me brûle, ça me brûle, il n'y a rien à faire, ça ne passe pas. Il n'y a que vous qui… »

« Détendez-vous, respirez à fond et fermez les yeux. »

Allez, en se dépêchant, ça serait bientôt terminé : son feu à elle, je le connaissais par cœur, je savais où il se terrait et de quelles flammes il était fait, c'était l'affaire de dix petites minutes.

J'ai posé la paume des mains sur la zone de douleur, et j'ai fermé les yeux, comme je fais toujours. Je n'ai pas eu besoin de m'orienter : je savais exactement où il fallait aller. Son feu se tenait à la place habituelle, sous l'épiderme : des petites flammes rouges, intenses, qui crépitaient à la surface des cellules. J'avais beau les éteindre, les passer au Don tous les quinze jours, elles se reformaient, des veines de lave souterraines les réapprovisionnaient encore et toujours.

J'avais essayé à la dernière séance de remonter à la source ; j'avais fait un bon petit bout de chemin, j'avais récuré à fond, mais je n'avais pas réussi à aller jusqu'au bout. C'était sans doute la raison pour laquelle le zona la faisait tant souffrir aujourd'hui : le mal avait compris qu'il perdait du terrain, et il avait redoublé d'efforts pour reprendre l'avantage. Ça n'était malheureusement pas aujourd'hui que j'allais le contredire : les rivières de lave attendraient que je sois un peu plus en forme.

J'ai murmuré les mots et placé mes mains au-dessus des petites flammes incandescentes, pour les aspirer. Je me suis concentré, comme d'habitude, et au moment-clef, je ne sais pas ce qui s'est passé. Je n'ai pas aspiré le feu : c'est le contraire qui est arrivé. Du feu sortait de mes mains. Un vrai torrent de flammes bleues qui allait alimenter celles déjà en place. Une torchère bleutée qui allait soutenir les braises rouges du zona. Le feu bleu de la Marie Curie. Il couvait en moi depuis deux jours et venait de se réveiller.

J'ai cherché à reprendre le contrôle, à arrêter ce flot contre-nature qui n'avait aucun sens, mais il n'y avait rien à faire : il ne m'écoutait pas, il ne m'obéissait pas. Pire : il me défiait. Je l'entendais qui riait, un rire plein de sarcasmes, le rire de celui qui est plus fort, de celui qui se croit tout permis et qui vous nargue en vous disant : « Arrête-moi si tu peux. »

J'ai redoublé d'efforts, pour au moins le faire plier, le faire dévier : ça ne servait à rien, il ne bougeait pas d'un pouce, autant essayer d'arrêter le Calavon un jour de crue. Je n'allais pas y arriver tout seul. J'ai appelé le Don à la rescousse, c'était la première fois. D'habitude il vient sans que je lui demande, il sait se montrer au moment opportun, lorsque j'ai fini de traquer le feu. Il a dû sentir aujourd'hui que ce n'était pas moi qui traquais le feu, mais l'inverse. Il a senti que j'avais perdu le contrôle.

D'ordinaire, il monte lentement en moi, pour être sûr de faire entièrement corps avec la Terre. Mais là, j'ai senti qu'il était pressé ; j'ai senti qu'il avait peur lui aussi. En un instant il a empli mes mains, il a orienté le bout de mes doigts : il cherchait à contrôler le feu bleu.

Je lis et relis cette ligne que je viens d'écrire, et je n'en crois pas mes yeux : le Don *cherchait* à contrôler le feu bleu. Quelque chose résistait au Don. Il n'était pas tout-puissant. Pour la première fois, j'ai douté de lui. Dans mon esprit, jusqu'à présent, le Don était la Terre, il était Tout. Les souffrances et les douleurs que je captais n'étaient que des biais, des failles, des erreurs qu'il prenait le temps de corriger par bienveillance ; ce n'étaient pas des ennemis, des forces contraires contre lesquelles il allait devoir lutter. Aujourd'hui, la preuve que si.

Le Don s'est emparé de mes doigts, et a lentement poussé ceux de ma main gauche vers ceux de ma main droite. Lentement. Centimètre après centimètre. Le feu a redoublé ses forces. Un centimètre de plus. Et encore un de plus. Avec effort, mes index se sont rejoints. Mes deux majeurs. Annulaires et auriculaires. Et enfin, dans un ultime effort, mes pouces.

Le feu a crapoté, craché, comme lorsqu'il y a des problèmes de pression d'eau dans un robinet. Les flammes se sont allongées, amincies, pour finalement s'étouffer et disparaître. Le feu bleu avait disparu. Comme une vague qui retourne au large, j'ai senti le Don refluer et repartir à la Terre.

J'ai rouvert les yeux. La patiente a rouvert les siens également. D'ordinaire, j'aurais dit un petit « voilà, voilà, c'est bon, vous pouvez vous rhabiller » ; mais j'étais tellement effaré par ce qui venait de se passer que je n'ai pas réussi à articuler un mot. Je me suis juste reculé, essayant de tenir debout sur des jambes tremblotantes. Elle s'est rhabillée, m'a tenu un bout de conversation durant laquelle j'ai tenté de faire illusion. Enfin, je l'ai raccompagnée à la porte, avec un « on se revoit donc dans quinze jours ».

Sitôt la porte refermée, je me suis effondré par terre et me suis mis à pleurer. Je ne sais pas pourquoi. J'étais complètement perdu, je n'avais aucune idée de ce qui était en train de se passer.

## 5. LE CROQUE-MORT

Je me rappelle comment je l'ai appris. C'est aussi clair dans ma tête que si j'avais été frappé par la foudre. C'était le samedi matin qui suivait, je revenais de faire le marché, je m'étais garé sur le parking du collège. J'étais toujours aussi patraque, c'était à peine si j'arrivais à mettre un pied devant l'autre. Je suis passé devant les avis de décès qui sont affichés à l'angle de la passerelle du Calavon : c'est toujours un bon moyen de savoir ce qui se passe en ville. Et j'ai vu son nom, écrit en majuscules, juste au-dessus de la date de l'enterrement :

MADAME JULIETTE SIMONET

Ça m'a fait un choc. Je la revoyais venir au cabinet pour son zona il y a moins de trois jours : d'accord ça la faisait souffrir, mais elle semblait tout de même bien portante. Il y a des gens qui n'ont pas de chance : son fils, mort à mobylette à quatorze ans, et maintenant elle, si soudainement. En arrivant à la maison, j'ai appelé mon cousin à la mairie, il connaît bien sa collègue de l'état civil, histoire de savoir ce qui s'était passé.

« Ne m'en parle pas, personne n'y croyait. Apparemment ça a été une hémorragie interne. Ça a été foudroyant. Il y a deux jours, elle s'est sentie mal au réveil. À dix heures elle a été admise aux urgences et à onze heures elle était morte. Personne n'a rien vu venir. »

Je me suis décomposé. Les mots de mon cousin ont résonné au téléphone comme dans une église. J'ai raccroché et j'ai avalé ma salive, avec difficulté. C'était ma faute. Aucun doute là-dessus. Le feu bleu. C'était à cause de lui. C'était lui qui l'avait tuée. Il était remonté dans son organisme et lui avait fait exploser les veines. Je l'avais tuée.

J'ai compris ça en deux secondes ; mais il m'a fallu toute la journée pour l'accepter. Ce feu bleu était désormais en moi comme un virus, comme une rage qui dévore tout ce qu'elle touche, parfaitement incontrôlable.

Chaque fois que j'allais essayer de soigner quelqu'un, il allait se déverser, mordre de toutes ses forces et passer une nouvelle victime au bûcher. Le Don n'avait pas réussi à sauver Mme Simonet. Il avait juste, avec beaucoup de difficulté, colmaté la torche qui se dégageait de mes mains. J'étais devenu un passeur de feu dans le mauvais sens.

Ça m'a filé un sacré coup. Je n'avais jamais envisagé de vivre ma vie sans le Don. Sans lui, l'avenir semblait vide. Mes matinées allaient se résumer à garder des petits vieux sans pouvoir les aider, et mes soirées à regarder la télé. Rien de plus. Je suis allé me coucher sans manger, je n'avais pas faim. Je n'ai pas réussi à m'endormir vraiment, juste à faire tourne et retourne dans mon lit, à ressasser encore et toujours ces mêmes pensées. Le visage de Mme Simonet. La première fois où je l'avais soignée. Ses dernières paroles.

J'ai pensé au passeur, il y a quarante ans de cela. À ses dernières paroles. « Ne laisse pas mourir le Don avec toi. » J'avais toujours vécu avec l'idée que je sentirais la fin arriver, que je trouverais quelqu'un pour la transmission, que je ne briserais pas la lignée. Eh bien non. C'était fini. Comment prendre le risque de transmettre le Don à quelqu'un aujourd'hui, avec le danger de lui inoculer le feu bleu et de le tuer par la même occasion ?

Au petit matin, quand j'ai enfin réussi à m'endormir,

le réveil a sonné. Je me suis préparé un café. Je faisais semblant d'hésiter en touillant avec ma petite cuillère, mais c'était juste histoire de faire durer, de repousser l'instant fatidique. Encore une gorgée. Encore une, et puis j'y vais. Lorsque ma tasse a été vide, j'ai regardé le Luberon par la fenêtre et j'ai respiré un bon coup.

Je suis allé dans mon bureau, j'ai allumé mon ordinateur et j'ai ouvert mon répertoire. Il y avait tous mes rendez-vous, tous les contacts de mes malades. J'y suis allé jour après jour, patient par patient. Cette jeune fille épileptique qui venait soigner les éruptions de son feu, aussi imprévisible que violent. Ce légionnaire qui s'était fait tirer dessus en Bosnie, et qui sentait les balles retraverser son corps. Ce vieux paysan dont le tracteur avait esquinté la jambe, et qui sentait les fourmis remonter dans son membre amputé. La cuisinière des écoles, qui s'était renversé une casserole d'eau bouillante sur les pieds. Je les ai tous appelés, les uns après les autres : « J'arrête. »

Tous, ils y sont passés. Tous, ils ont protesté. Depuis le temps que vous me suivez. Mais comment je vais faire, moi. Il y a quelqu'un qui vous remplace ? Non. Tous, ils m'ont demandé pourquoi et aucun n'a eu de réponse, du moins la véritable.

Je pense que ça m'a bien pris deux heures pour descendre tout mon répertoire. Trente ans que vous soignez les gens, ça finit par se savoir. Mais ce n'est pas vraiment le nombre qui a pris tant de temps : c'est plutôt qu'à chacune des conversations, il y avait une histoire, un feu, et quelqu'un qui en souffrait. Un feu à qui dire adieu.

Numéroter. Tonalité. Parler. Expliquer. Regretter. Raccrocher. Numéroter, à nouveau. Tonalité, encore. Parler, encore. Expliquer, encore. Regretter, encore. Raccrocher, encore. Dieu que c'était dur, une véritable torture.

J'ai fini par y arriver. Le dernier patient, les derniers mots d'excuse. J'ai raccroché, et je me suis levé, péniblement. J'avais pris dix ans. J'ai quitté mon bureau et j'ai éteint la lumière.

## 6. LE COBAYE

J'aurais aimé finir aussi bien que le vieux passeur de feu. Partir avec cette même simplicité, comme il l'a fait. Au lieu de ça, j'ai éteint la lignée, je n'ai pas réussi à faire perdurer et à transmettre ce que j'avais reçu.

Lorsque je rentre le soir, je me fais à manger, souvent des pâtes au beurre, parce que j'ai la flemme de faire autre chose. Un petit plateau-repas, et je dîne devant la télé, sans plus d'appétit pour les images que pour mon plat. Je garde la porte du cabinet fermée. Je n'y suis pas retourné depuis un mois. Il faudrait que j'y aille, que je range toute ma paperasse, que j'archive un peu tout ça, que je fasse place nette et utilise ces deux pièces qui aujourd'hui ne servent plus à rien. Il faudrait mais je n'en ai pas la force.

Un soir, j'étais avec mes spaghettis sur les genoux, à me dire que j'avais oublié le parmesan et que je devrais me lever pour aller le chercher au frigo, quand le téléphone a sonné. Ça devait être ma sœur aînée. J'avais bien envie de faire le mort et de ne pas décrocher, mais cela faisait déjà une semaine que je ne répondais pas à ses coups de fil.

« Oui, allô ? »

« Oui, bonjour je vous appelle, vous avez soigné ma tante Jeannette et… »

J'ai fermé les yeux. Ça avait été dur d'arrêter, mais le vrai supplice était de se coltiner les gens qui vous croyaient encore en activité. Qui vous disaient à quel point c'était dommage, que ça les avait aidés, et que vraiment, il aurait fallu continuer, comment vont-ils faire sans vous. Ou les gens comme ce gus, je voyais très bien de qui il s'agissait. J'avais soigné sa tante Jeannette pour un eczéma carabiné, à raison d'une séance par mois pendant plus de deux ans. Elle m'avait parlé de son neveu qui habitait à l'étranger, qui avait une tendinite un peu costaud et qui, m'avait-elle dit, le faisait souffrir jusqu'aux larmes. Je lui avais dit qu'il pouvait m'appeler, que les tendinites étaient des feux comme les autres, et que je pouvais sans doute faire quelque chose pour lui. Il n'avait jamais appelé. Sa tendinite devait lui faire souffrir le martyre pour qu'il se décide si longtemps après. Tant pis pour lui. Trop tard. Il n'avait qu'à se décider quand c'était le moment.

Mais presque malgré moi, un bout d'idée a discrètement pointé à l'horizon. Une idée folle, une idée improbable. Une idée stupide. Une idée qu'il aurait mieux valu ne pas avoir, mais qu'il est impossible d'oublier une fois qu'elle a germé en vous.

Ce gars n'habitait pas en France. Il était loin, très loin. Pour traiter un feu comme ça, d'ordinaire, je l'aurais fait par téléphone. C'est plus diffus, plus difficile à capter, mais pas impossible : passer le feu au travers du téléphone, ça marche. Pas aussi bien que l'un en face de l'autre, avec le contact de la peau, c'est tout à fait vrai, mais on obtient quand même des résultats. Ce patient était à des milliers de kilomètres : la distance atténuerait l'intensité des feux. De son feu, c'est certain, mais aussi du feu bleu.

Je réfléchissais. Une tendinite. Même si le feu bleu allait se déverser dessus, ça n'allait pas le tuer, non ? Au pire ça lui ferait une entorse au poignet. C'était une occasion en or, une occasion rêvée. Le moyen de retrouver ma vie d'avant.

« Allô ? Vous… Vous êtes toujours là ? »

J'avais pris ma décision.

« Ah oui, c'est pour la tendinite, c'est ça ? Vous vous êtes enfin décidé ? Trois mois que votre tante me dit que vous allez m'appeler et vous vous êtes décidé aujourd'hui, à vingt et une heures ? »

Il fallait la jouer un peu abrupt, pour éviter qu'il ne sente le doute dans ma voix.

« Euh… Désolé je vous appelle de l'étranger et je n'ai pas pensé au décalage horaire, je me demandais comment… »

« Bon, bref, elle est où votre tendinite ? »

« Là, sur le poignet droit. Je n'arrive plus à le bouger. »

« Bon, posez le combiné sur ce poignet-là et attendez deux minutes. Ne le reprenez pas avant, sinon ça ne marchera pas. Compris ? »

« Euh, c'est-à-dire… Euh… qu'est-ce que vous allez faire exactement ? »

« Votre tendinite, c'est votre feu intérieur qui se coince au niveau de votre articulation. Un embouteillage en quelque sorte, et ça a brûlé les tendons tout autour. Je vais aspirer votre excès de feu et vous en débarrasser. »

« Et ça marche par téléphone ? »

« Vous voulez être guéri ou vous voulez écrire une thèse sur les médecines alternatives ? »

D'habitude, j'écoute, j'explique, je fais de la pédagogie sur la méthode, pour que le patient comprenne bien le processus, qu'il puisse contribuer inconsciemment au passage du feu. Pas aujourd'hui.

J'ai fermé les yeux et me suis concentré sur mon oreille. Le combiné. Le silence électronique. La neige des décibels. Les kilomètres. J'ai enfin distingué un poignet au loin. Un phare au milieu de nulle part. Un poignet incandescent, qui brûlait pire qu'une torche. Rouge de douleur. Les tissus étaient cramoisis, ce bonhomme avait trop attendu, il était plus que temps de faire quelque chose.

J'ai prononcé les mots et positionné avec une certaine appréhension mes deux mains au-dessus de cette bûche embrasée. Mes paumes se sont ouvertes, et j'ai commencé à aspirer le feu. Les flammes rouges, les braises noires, les étincelles pourpres : il fallait tout prendre, ne pas faire dans la dentelle. Au même moment j'ai senti le feu bleu se manifester. Il était toujours là, il était toujours en moi. Il avait juste attendu son heure. Il voulait maintenant avoir son mot à dire. Des flammes bleues sont sorties de mes doigts. Prudentes au début, elles se sont étirées jusqu'à ce poignet, elles sont venues lécher ce phare incandescent comme des lames de fond poussées par la tempête.

Je regardais, sidéré, comme le passager d'un bateau qui passe au loin : un va-et-vient, un point de passage obligé, deux voies contraires, l'une rouge écarlate, l'autre bleu océan. Malgré la distance, ce dernier montait en puissance, il s'engaillardissait à vue d'œil. Sa puissance comme son débit étaient impressionnants, je les sentais grossir et grossir, j'étais en train de perdre le contrôle. Les lames de fond allaient tout emporter, le phare comme la grève.

J'ai alors senti le Don qui montait en moi. Tranquillement, en prenant son temps. Ne t'inquiète pas, tout va bien se passer, aucune raison de paniquer, semblait-il dire. Il est monté dans mes jambes, dans mon bras puis dans la main qui tenait le téléphone. Lui aussi a traversé les airs et l'océan, pour arriver juste au-dessus de cet embarcadère rouge inondé de bleu. Il a pris mes deux mains, et lentement, comme ça, sans rien dire, sans effort apparent, les a refermées sans bruit.

## 7. LE REVENANT

J'ai laissé passer quinze jours. Pas vraiment le temps de la réflexion, mais plutôt le temps de l'attente. Un peu comme lorsque vous attendez les résultats du bac, que vous avez rendu votre copie, et que vous vous levez tous les matins en vous demandant si le correcteur vous a déjà mis la note. Ce n'est pas facile : objectivement il n'y a rien que vous puissiez faire, rien à part attendre et ne plus y penser.

C'était pareil avec le patient à la tendinite. Avait-il survécu ? Son poignet avait-il dégénéré en quelque chose d'invraisemblable, je ne sais pas moi, un empoisonnement du sang ou une maladie neuromusculaire foudroyante ? Ou bien la séance l'avait-il soulagé, et il était déjà en train de jouer au tennis ? Il n'y avait pas une seule minute où je ne voulais pas l'appeler, pour en avoir le cœur net. J'en mourais d'envie mais je ne le faisais pas : pour Mme Simonet, cela avait pris moins d'une semaine pour que son zona dégénère et ne l'envoie *ad patres*. Il fallait laisser le temps au temps : je n'allais pas l'appeler, croire que tout allait bien, et puis découvrir qu'au final, il n'avait pas réchappé au feu bleu.

J'ai donc laissé passer quinze jours avant d'appeler sa tante, au beau milieu de l'après-midi, vers 15 heures. Je me suis assis sur une chaise, le portable sur la table, juste devant mon cabinet dont la porte était toujours fermée. J'ai composé le numéro. Sonnerie. Silence. Sonnerie. Silence. Ça a décroché.

« Oui, bonjour, c'est… »

« Mon Dieu, mon Dieu, c'est le ciel qui vous envoie ! »

Elle devait avoir mon numéro dans ses contacts, ou bien elle a reconnu ma voix, je ne sais pas, toujours est-il qu'elle ne m'a pas laissé en placer une, la tante Jeannette.

« Mon Dieu, mon Dieu, c'est le ciel qui vous envoie ! J'espère que vous m'appelez pour me dire que vous êtes revenu sur votre décision, parce que je souffre le martyre, mon eczéma n'arrête pas de me démanger et de me relancer et… »

Je vous passe les détails techniques, les cinq-dix minutes de complaintes dont, je dois bien l'avouer, cette patiente est la grande spécialiste. Je n'arrivais pas à en placer une, et toute tentative de mot, d'interjection, ou quoi que ce soit d'autre ne servait qu'à déclencher un nouveau flot de lamentations. Au moment opportun, au moment où le débit commençait à faiblir, je me suis lancé.

« Pardon de vous couper, mais je voulais vous dire, vous savez que j'ai eu un appel de votre neveu, oui, là, il m'a appelé au sujet de sa tendinite et… »

« Voui, je sais, sa mère, ma sœur, me l'a dit et… »

C'était bon signe : si elle ne m'avait pas encore parlé d'une mort atroce, d'un décès qui a pris tout le monde de court, c'est qu'il n'y avait rien eu, qu'il n'y avait pas eu de surexposition au feu bleu, que mes craintes n'étaient pas forcément fondées. J'ai tout de même posé la question, histoire d'être sûr de sûr :

« Et… ça va ? Comment va-t-il ? Son poignet ne le fait plus souffrir ? »

« Eh bien écoutez, j'ai eu ma sœur hier, je crois qu'il est content, que ça va. En tout cas, vous savez ce qu'on dit, ça ne peut pas faire de mal. Sur mon eczéma, je voulais vous demander si… »

J'ai fermé les yeux. Je m'étais sans doute fait des idées. Ce qui était arrivé à Mme Simonet devait peut-être simplement lui arriver, et je n'avais rien à voir avec tout cela. Ou bien j'avais réussi à maîtriser le feu bleu, le Don m'avait aidé à apprendre. Qui sait. La voix de l'autre côté du combiné m'a ramené sur terre. J'ai dit deux-trois banalités, la conversation a pris fin, je ne sais plus exactement comment. Je me suis levé. La porte de mon cabinet était là, devant moi. Il n'y avait qu'à tendre la main pour l'ouvrir et y rentrer.

À l'intérieur rien n'avait changé. La même odeur. Comme si ces deux derniers mois n'avaient jamais existé. Les étagères. Mes livres. Mes bibelots. Mon bureau. Ma chaise. Je me suis assis. Cela faisait du bien, un mélange de calme et de sérénité. L'impression de revenir à la maison, après avoir pris de longs congés.

J'ai ouvert ma boîte mail : s'est déversée au fur et à mesure de la connexion une avalanche de messages. Il y avait quelques spams, beaucoup de mails de patients : certains que j'avais pourtant appelés, mais qui tentaient quand même, poussés par leurs douleurs. D'autres qui n'avaient jamais consulté, qui avaient entendu parler de moi par le bouche-à-oreille, et qui ne savaient pas que je m'étais arrêté. Je parcourais tous les messages, les uns après les autres, sans jamais y répondre. Je préférais les lire et y revenir dessus un peu plus tard. C'est agréable de voir que vous avez manqué au monde.

J'en étais là d'éplucher cette correspondance passée et d'établir le futur plan de bataille de ces prochains jours lorsqu'un message arrivé le matin même m'a arrêté. L'objet du mail était : « Ikki ».

> *Bonjour,*
> *D'après le fichier national félin, vous êtes le propriétaire d'Ikki, que vous avez déclaré perdu il y a trois ans.*
> *Un chat avec le tatouage d'Ikki vient d'être*

*retrouvé. Il est en bonne santé. Par contre, la personne qui l'a retrouvé souhaiterait le garder. Seriez-vous éventuellement d'accord pour cela ?*
*Merci de votre réponse,*
*Émilie - Clinique vétérinaire de Tassin-la-Demi-Lune*

C'était comme recevoir un message d'outre-tombe, avoir un fantôme au bout de sa souris. J'avais ce chat lorsque j'habitais à Rustrel, avec mon ex-femme. Malin comme un singe, toujours à vous donner son avis sur tout. Lorsque nous avions divorcé, elle était repartie à Avignon où elle avait encore sa mère, et moi j'étais venu habiter ici, à Lumières. Pour faire une coupure. Le jour du déménagement, impossible de mettre la main sur l'animal : j'avais regardé partout, je l'avais appelé tant et plus, rien à faire, il avait disparu. J'en avais parlé aux voisins, j'étais retourné vingt fois à Rustrel, j'avais collé des affiches sur tous les murs. Rien à faire, je ne l'avais jamais retrouvé. J'avais fini par croire qu'il était passé sous une voiture.

Où diable était-il passé pendant ces trois dernières années ? Où est-ce qu'il avait pu aller se fourrer ? Comment était-ce possible qu'il ne refasse surface que maintenant ? Et surtout comment pouvait-il avoir fini à Tassin-la-Demi-Lune, à plus de trois cents kilomètres de Rustrel ?

Je sautais presque de joie sur mon fauteuil. J'ai cliqué sur *Répondre*.

*Bonjour Émilie,*
*Je me réjouis de cette excellente nouvelle. C'est absolument formidable ! C'est d'accord pour que cette personne garde Ikki. Ça n'est que justice, l'essentiel est qu'Ikki ait une maison qui*

*lui convienne. Si cette personne peut m'envoyer des photos ou si elle souhaite entrer en contact avec moi à un moment ou à un autre, voici mon numéro : 06.13.45.22.85*
*Un grand merci à vous et à cette personne.*

L'e-mail est parti à Tassin-la-Demi-Lune. J'ai continué à éplucher ma boîte mail, puis je me suis décidé à répondre aux patients qui m'avaient écrit. C'était agréable de reprendre contact avec eux, d'expliquer que j'avais repris mes fonctions, demander s'ils souffraient toujours et quelles étaient leurs futures disponibilités. J'en étais à ma cinquième ou sixième réponse lorsque mon téléphone s'est mis à vibrer. Je venais de recevoir un SMS :

BONJOUR JE SUIS LA PERSONNE QUI A TROUVE IKKI. JE L'AI APPELE TARTEMPION JE NE SAIS PAS QUEL NOM JE VAIS GARDER C'EST UN SACRE BAVARD IL REPOND QUAND ON LUI PARLE C'EST FOU. IL VA BIEN IL S'EST BIEN REMPLUME. MERCI DE ME LE LAISSER VOICI DES PHOTOS DE LUI.

J'ai sauté sur ma chaise. Il n'avait pas changé. Toujours ce même costume, ce smoking blanc et noir qui lui allait comme un gant. Son nouveau nom m'a arraché un sourire : Tartempion, c'était rigolo. Je me suis demandé s'il me reconnaîtrait toujours, s'il reconnaîtrait ma voix ou mon odeur. S'il réagirait. Sans doute que oui, si on l'appelait avec des croquettes.

J'ai appelé une première fois, personne n'a décroché, je suis tombé sur le répondeur. Je n'ai pas laissé de message, j'ai rappelé tout de suite : encore une fois le répondeur.

Le gars devait se méfier ou être un sacré timide, il ne voulait pas répondre. Du coup, j'ai répondu par SMS :

> JE SUIS HEUREUX D'APPRENDRE QU IL A UNE NOUVELLE MAISON IL LE MERITE BIEN. JE L'AI PERDU QUAND J'AI DEMENAGE DE RUSTREL (VAUCLUSE). JE L'AI CHERCHE SANS SUCCES JE NE M'EXPLIQUE PAS COMMENT IL S'EST RETROUVE A TASSIN-LA-DEMI-LUNE, MAIS BON PEU IMPORTE UN GRAND MERCI POUR LES PHOTOS

J'ai passé le reste de l'après-midi à répondre à mes e-mails, à rappeler les gens, à classer mes dossiers, à fignoler par-ci par-là ce qui pouvait l'être. Le temps passe vite, quand on veut bien faire les choses. J'étais tellement content d'être de retour dans mon cabinet, d'être à nouveau en contact avec mes patients, que j'ai mis un peu de musique, et que je n'ai pas vu les heures filer. Le soir venu, je me suis fait un petit plateau, mais au lieu de le manger devant la télé, je l'ai mangé devant l'ordinateur. Mes pâtes au beurre avaient un goût délicieux pour une fois. Au moment de rajouter du parmesan, mon téléphone a encore vibré, j'ai tressailli :

> NON EN FAIT JE N'HABITE PAS A TASSIN-LA-DEMI-LUNE J'AI JUSTE CONTACTE CE VETO AU HASARD J'HABITE A RUSTREL ET SI VOUS VOULEZ VENIR VOIR IKKI JUSTE POUR LUI DIRE BONJOUR ET AU REVOIR VOUS POUVEZ. MAIS ATTENTION IL RESTE AVEC MOI, OK ?

J'ai bondi sur ma chaise : c'était presque devenu une habitude, aujourd'hui. J'ai répondu :

C'EST TRES GENTIL A VOUS MERCI N'AYEZ PAS
D'INQUIETUDE QUAND ETES VOUS DISPONIBLE ?
QUELLE EST VOTRE ADRESSE ?

Et il m'a donné son nom et son adresse.

## 8. LE PROPRIÉTAIRE

Deux jours plus tard, j'ai mis l'adresse dans le GPS, même si je situais à peu près l'endroit, ce n'était pas loin du tout de mon ancien domicile. Je ne comprends toujours pas comment personne n'avait pu m'appeler avant. Qu'avait pu bien faire Ikki pendant trois ans ?

J'avais aussi recherché sur Internet le nom de la personne qui l'avait trouvé. Je crois bien que je connaissais sa mère, du temps où j'habitais Rustrel. Il y avait son CV complet sur LinkedIn. Le pauvre, ce gosse avait fait tous les petits boulots possibles et imaginables : trois mois chez trucmuche, trois autres chez bidule. Il avait l'air de chercher du boulot en ce moment. Ça faisait de la peine rien qu'à regarder la liste : ça crevait les yeux qu'il s'était cherché, qu'il s'était bougé comme pas possible pour trouver ce qu'il avait pu. Et qu'au final, il n'avait pas grand-chose.

Je me suis dit que si le vieux voisin ne m'avait pas transmis le feu, il y aurait eu de fortes chances, pour ne pas dire une quasi-certitude, pour que je ressemble beaucoup à ce gars. Incapable de trouver sa voie, incapable d'écouter sa voix intérieure. Je ne sais pas comment on se débrouille en France pour que l'école mette si mal en valeur ce qu'il y a de vrai en chacun de nous.

À défaut de voix intérieure, celle du GPS m'a sorti de mes réflexions : au croisement, à gauche, et je serai arrivé. Ça n'était vraiment pas loin de mon ancien quartier, ça me rappelait des souvenirs. Ça y est, c'était là. Je me suis garé, j'ai coupé le moteur et suis sorti. Les rideaux ont bougé. J'ai descendu l'allée, et la porte s'est ouverte. Un jeune est sorti, je dirais entre vingt et trente ans, plutôt vers les trente que vers les vingt. Il avait un jean et un T-shirt d'IAM. Il me regardait d'un air suspicieux, ça se voyait que ça ne lui faisait pas particulièrement plaisir que je sois là, mais bon qu'il l'avait fait pour son matou, pour avoir la conscience tranquille. Par intégrité. Par honnêteté.

« Bonjour, on s'est eus par SMS et... », j'ai commencé.

« Oui bonjour, entrez, je vous en prie », m'a-t-il répondu en se forçant à sourire.

Je me suis essuyé les pieds et suis entré. Ikki était là, de l'autre côté de la pièce, sur le canapé. Il n'avait pas changé, je l'aurais reconnu entre mille. Il a bougé une oreille puis a levé la tête dans notre direction.

« Coucou, Ikki, tu me reconnais ? Ikki ? Ikki ? » ai-je demandé tout doucement.

Et il m'a répondu. Il était déjà comme ça quand j'habitais Rustrel : vous parliez, et il répondait. Elle est pas belle, la vie ? Miaou, miaou. Tu sais si le nouveau patient est arrivé ? Miaou, miaou. Trois ans plus tard, il n'avait toujours pas changé de disque. J'ai souri jusqu'aux oreilles, je me suis approché et lui ai fait du gra-gra sous le menton. Il s'est mis à ronronner, un vrai moteur de machine à laver.

« Alors, tu me reconnais ou tu me reconnais pas ? Tu me remets ? En tout cas, tu n'as pas changé, toujours aussi bavard. »

Je me suis retourné vers le petit jeune, pour l'intégrer dans la conversation :

« Quand j'ai déménagé, impossible de remettre la main dessus. Je suis revenu tant et tant, j'ai laissé des affichettes, sonné aux portes : aucun résultat. J'ai pensé qu'il était passé sous une voiture. Je peux vous dire que j'ai été sacrément surpris lorsque j'ai reçu un e-mail de cette clinique. »

Il m'a raconté comment il l'avait trouvé, comment tout le voisinage le connaissait mais personne ne savait à qui il était. Je me suis demandé comment c'était possible, avec tout le raffut que j'avais fait autour, mais bon hein, c'est comme ça, la vie est mal faite. Il m'a dit qu'il l'avait trouvé le jour même où il avait perdu son emploi et que, bon an mal an, l'un avait accompagné l'autre. Puis il m'a raconté comment il avait pris l'habitude de lui donner à manger, de le faire rentrer ici, et puis de l'appeler Tartempion. Que c'était son frère, au final, qui s'était aperçu qu'il était tatoué. Que comme il s'y était attaché, mais ne voulait faire de la peine à personne, il avait contacté anonymement une clinique vétérinaire, choisie au hasard, et voilà, badaboum, vous connaissez la suite.

On est restés comme ça à papoter une bonne vingtaine de minutes, avec Ikki au milieu, bien content d'être le centre de la conversation. À un moment, j'ai senti qu'il fallait y aller, mon hôte était trop poli pour me mettre dehors. Je lui ai donné des boîtes de thon que j'avais apportées : un cadeau de rien du tout pour Ikki, une fois par mois, de temps en temps. Je l'ai caressé une dernière fois, sous le menton : c'était un au revoir qui voulait dire adieu. Triste pour moi, mais content pour lui.

Le petit jeune m'a raccompagné le long de l'allée. À la fin, avant de remonter dans la voiture, je lui ai serré la main. Longuement, très longuement. J'ai plongé mon regard dans le sien, et j'y ai cherché du feu. Je suis descendu rapidement, aussi vite que toutes mes années d'expérience me l'avaient appris. Pour voir ce qui brûlait au fond de lui. Il n'y avait rien, aucune braise. Que des cendres. Des déceptions noires comme du charbon. Des frustrations anthracite. Des désillusions au goût de houille. À perte de vue. C'était impressionnant, à un si jeune âge. Je me suis mis à creuser vite-vite. Ce que j'ai trouvé, j'en aurais presque pleuré. Des strates et des strates de *J'aurais voulu*. Des couches et des couches de *Dans la vie on fait ce qu'on peut, pas ce qu'on veut*. Des amas et des amas de *Tout le monde ne peut pas devenir ingénieur*. Des filons et des filons de *Ne penses-tu pas que tu vises un peu trop haut*.

J'ai repris mon souffle, et puis j'y suis allé à la hussarde, avec les deux mains. Des *Si j'avais su* à foison. Des *J'aurais aimé que* en veux-tu en voilà. Des *Choisis une voie qui a des débouchés*, qui alternaient avec *C'est une voie de garage*. Une avalanche de *Ça ne ferme pas de porte*. Et puis, pêle-mêle, un tsunami de *Ça te mettra dans une bonne classe*, *Il vaut mieux quelque chose de plus réputé*, *C'est dommage de ne pas continuer*, et *Au moins ça paiera le loyer*.

J'ai enfin heurté quelque chose de dur. Le roc, les fondations. Comme en écho, le Don est alors monté en moi. Je l'attendais. Je l'ai senti à travers mes genoux, mes hanches, mon torse, et enfin mes bras. J'ai murmuré les mots, mes mains se sont évasées et j'ai senti le Don ouvrir les vannes du feu bleu. Juste un peu, un tout petit peu. Un infime débit. Quelques flammes en sont sorties, juste ce qu'il fallait. Ni plus. Ni moins. Une toute petite flammichette a pris pied sur le roc et a commencé à grignoter toutes les cendres et autres débris que j'avais poussés sur le côté. Elle les rongeait, s'en servait pour grossir et grandir. Lentement, très lentement. Le Don a reflué vers la Terre, je l'ai senti me quitter.

Je suis remonté à la surface, j'ai quitté le regard du petit jeune et je lui ai lâché la main. On s'est dit au revoir. C'est tout. Je suis monté dans ma voiture et alors j'ai vu Ikki sur le paillasson. J'aimerais pouvoir vous dire qu'il était venu me faire un dernier au revoir mais non, pas du tout. Il ne me regardait pas, il scrutait un point dans le ciel, avec des yeux ronds comme des billes. Il avait dû voir passer un oiseau, un rapace ou quelque chose dans le style. J'ai regardé là où ses yeux fixaient : je n'ai rien distingué.

## FREEBIRD
## 27°56'56"N 109°36'14"E

*Le fenghuang est un oiseau mythique qui règne sur tous les autres oiseaux en Chine. L'Occident le connaît sous le nom de phœnix chinois. Il vivrait d'après les légendes dans la cordillère du Kunlun, dans le nord-ouest du pays. Les mâles étaient appelés feng et les femelles huang. Cette distinction des sexes a été éclipsée à partir de la dynastie Yuan pour ne former qu'une seule entité féminine : le fenghuang. On ne voit le fenghuang que sporadiquement : il se cache pendant les périodes de trouble, ou de guerre. Il ne réapparaît que pour l'avènement d'une ère de paix ou de prospérité. De changement pour le meilleur.*

# LE DÉBUTANT

## LE CLANDESTIN

C'est une de ces journées comme ça. Vous ne savez pas ce que vous avez fait au bon Dieu, le ciel vous tombe sur la tête. Une tuile, et puis une autre, et vous vous mettez à penser au fameux « jamais deux sans trois ». Les emmerdes, ça vole toujours en escadrille, disait Jacques Chirac. Ce matin-là, je me connectais au site de l'immigration américaine, comme tous les matins depuis six mois. J'attendais que me soit enfin délivrée une précieuse *work authorization* : c'est bien beau d'être en règle sur le territoire, encore faut-il avoir le droit de travailler[1]. Ces six mois sans salaire dans la ville la plus chère du monde avaient asséché nos maigres économies faites sur le Vieux Continent, patiemment accumulées avec ma compagne en vue du *California Dream*. La solution temporaire d'hébergement chez Uncle Chu commençait à n'avoir de temporaire que le nom.

Coup de massue : la *work authorization* était refusée. Merci de repostuler. Circulez, y a rien à voir. Nouveau délai de six mois. Nouveaux frais d'avocat. Vous croyiez que vous ne pouviez pas tomber plus bas ? La vie se charge de vous montrer que si, c'est tout à fait possible.

Alors qu'une chape de plomb tombait sur San Francisco, le logo de Skype se mit à agiter la barre de mon navigateur : c'était l'heure de l'appel journalier avec ma mère, fidèle au poste.

---

1. *Eh oui, les deux ne vont pas de pair outre-Atlantique. C'est comme ça, mieux vaut le savoir.*

« Alors tout va bien ? Tu as eu des nouvelles pour tes papiers ? »

Les mères ont le chic pour poser les questions qu'il ne faut pas au moment où il ne faut pas. Ce doit être un sixième sens qui leur vient juste après l'accouchement. Je répondis à côté, histoire d'éviter la seconde question qui n'aurait pas manqué d'arriver (« Mon Dieu, mais comment est-ce que vous allez faire pour vivre ? »).

Ma mère délaissa les questions de politique migratoire pour s'orienter sur un sujet non moins délicat : ma santé, ma tendinite. En raison du stress ou va savoir trop quoi, ça allait de pire en pire : je n'arrivais quasiment plus à bouger mon poignet, et taper sur mon clavier était devenu un calvaire.

« Tu as appelé le numéro que je t'ai donné ? Ça a marché pour tante Jeannette, je ne vois pas pourquoi ça ne marcherait pas pour toi. »

Moi, j'en voyais tout plein des raisons. Primo, tante Jeannette était une hypocondriaque de première, qui changeait de maladie comme de mari (quatre, si mes comptes étaient à jour). Secundo, les marabouts n'étaient pas remboursés par la Sécu, qui de toute manière n'existe pas aux États-Unis. Je n'avais pas appelé, et ce n'était pas la peine d'insister, je n'appellerai pas. La pluie et le beau temps offrirent l'habituelle conclusion à la conversation maternelle quotidienne, et Skype retourna dormir dans l'arrière-plan de mon ordinateur.

Chassez le diable par la porte, il revient par la fenêtre. Un SMS de ma mère secoua mon téléphone, elle me redonnait le numéro de son charlatan. Elle me connaissait bien, parce qu'elle précisait en majuscules : C'EST GRATUIT IL NE VEUT PAS QU'ON LE PAYE. Le 04-90-trucmuche se mit à me regarder bizarrement, avec des airs de « qu'est-ce que tu as à perdre » et de « au point où tu en es de toute manière ».

La journée s'annonçait merdique, je finis par céder et composer le numéro : banco la tendinite. La tonalité traversa l'Amérique, puis l'Atlantique et enfin quelques murs de pierre d'un petit village du Vaucluse.

« Oui, allô ? »

« Oui, bonjour je vous appelle, vous avez soigné ma tante Jeannette et… »

Silence à couper au couteau.

« Ah oui, c'est pour la tendinite, c'est ça ? Vous vous êtes enfin décidé ? Trois mois que votre tante me dit que vous allez m'appeler et vous vous êtes décidé à vingt et une heures ? »

Oups. Je n'avais pas fait attention au décalage horaire. Il commençait à se faire tard, là-bas.

« Euh… Désolé je vous appelle des États-Unis et je n'ai pas pensé au décalage horaire, je me demandais comment… »

« Bon, bref, elle est où votre tendinite ? »

« Là, sur le poignet droit. Je n'arrive plus à le bouger. »

« Bon, posez le combiné sur ce poignet-là et attendez deux minutes. Ne le reprenez pas avant, sinon ça ne marchera pas. Compris ? »

« Euh, c'est-à-dire… Euh… qu'est-ce que vous allez faire exactement ? »

« Votre tendinite, c'est votre feu intérieur qui se coince au niveau de votre articulation. Un embouteillage en quelque sorte, et ça a brûlé les tendons tout autour. Je vais aspirer votre excès de feu et vous en débarrasser. »

« Et ça marche par téléphone ? »

« Vous voulez être guéri ou vous voulez écrire une thèse sur les médecines alternatives ? »

Je posai mon iPhone sur mon poignet et surveillai l'horloge de mon ordinateur. Mais quelle arnaque, ce truc. Quelle idée j'avais eue d'écouter ma mère. L'envie me prit de récupérer le téléphone, histoire d'écouter ce qui était en train de s'y passer. Ou de lancer le Call Recorder de l'iPhone, pour voir une fois raccroché à quel point c'était bidon. J'en étais là de mes pensées lorsque j'ai vu que les deux minutes étaient écoulées. Plus vite que je ne l'aurais cru, dis donc. Je repris le téléphone.

« Allô ? »

« Ah, je croyais que vous vous étiez endormi. C'est bon, c'est fini. »

« Pour le paiement, comment est-ce que vous voulez que… »

« Non, non, y a rien à payer, je n'accepte pas l'argent ou quoi que ce soit en échange de mes services. »

C'était donc vrai. Cela existait encore sur Terre. J'insistais encore un peu pour la forme mais pas trop non plus : à vingt dollars la salade César sans vinaigrette, San Francisco vous passe l'envie de faire des largesses.

« Bon, laissez-le reposer un peu, n'allez pas disputer Roland-Garros demain matin et ça devrait aller. »

Il raccrocha et je me mis à regarder d'un drôle d'air ce fulguropoing qui avait été réparé le temps d'une conversation téléphonique. Un tour à droite, un tour à gauche : la réaction de douleur ne vint pas. Pas du tout. C'était un peu fou ses trucs, à la tante Jeannette.

Je m'étirai, profitant de cette souplesse retrouvée. Que faire de cette journée qui commençait ? Je n'avais pas l'âme de jouer les touristes, et postuler à des offres d'emploi ne servait à rien. La journée s'annonçait vide.

Allez savoir pourquoi, je finis par rouvrir dans mon ordinateur un document Word que des petits prétentieux appelleraient manuscrit. C'était un de mes vieux serpents de mer, vieux comme Hérode : à chaque coup de blues, l'envie d'écrire me reprenait.

Je me lançai sans réfléchir dans l'écriture, une page, puis deux. Je finis par oublier l'heure. Dans le milieu de l'après-midi, cela faisait déjà un morceau conséquent de texte, que j'eus envie de relire. Le début n'était pas fameux, le milieu pas génial et la fin n'en parlons pas.

Je repris au commencement et tapai ces mots qui, aussi discrets qu'un chat, venaient de me traverser l'esprit :

*Si le lecteur veut comprendre…*

O. M~B
Décembre 2022
San Francisco

## *EN GUISE D'ÉPILOGUE*

*Si Andromeda et son périple relèvent de la fiction, certains faits restent bien réels.*

L'aigle de Bonelli est une espèce relique : des traces fossiles attestent de sa présence dans les falaises calcaires du sud de la France depuis 200 000 ans. De nos jours, on le trouve du pourtour méditerranéen jusqu'en Chine. En Afrique du Nord, il peut être observé de l'Atlas jusqu'en Tunisie. En Europe, il est très présent dans la péninsule Ibérique ; la Provence représente la limite nord de sa répartition mondiale. De manière plus discontinue, il est également observé en Italie, en Croatie, en Grèce et en Bulgarie. Au Proche et Moyen-Orient, l'aigle de Bonelli est présent de la Turquie jusqu'en Iran. En Asie, on le retrouve du nord de l'Inde jusqu'au sud de la Chine.

L'une des phases les plus importantes de son cycle de vie est la dispersion des jeunes. S'il reste considéré comme une espèce sédentaire, le jeune aigle de Bonelli peut se déplacer sur plusieurs centaines de kilomètres à la recherche d'un territoire. Des périples surprenants ont pu être observés. Depuis la péninsule Ibérique, des immatures ont rayonné vers la France, les îles Canaries ou même jusqu'en Mauritanie. Depuis le sud de la France, des immatures se sont déplacés jusqu'à 700 km, que ce soit jusqu'aux côtes de la Manche ou jusqu'en Allemagne. Des spécimens issus des populations siciliennes sont allés jusqu'au nord des Balkans.

Malgré son statut de préoccupation mineure, l'aigle de Bonelli est en net déclin sur toute son aire de répartition et pourrait s'éteindre localement. En Espagne, l'espèce a disparu de 27 provinces sur 40 depuis 1980, avec une réduction de plus de 20 %. C'est aussi l'une des espèces de rapaces les plus menacées de France. De 80 couples en 1960, les effectifs ont diminué jusqu'à seulement 23 couples en 2002. La population en Grèce était de plus de 200 couples en 1980 ; elle a chuté à moins de 50 aujourd'hui. L'espèce pourrait être déjà éteinte en Bosnie-Herzégovine. La Turquie comptait 50 couples à la fin des années 80 ; des récentes études estiment la population entre 20 et 35 couples. En Israël, c'est aussi le rapace le plus menacé du pays : on recensait 28 couples d'aigles de Bonelli en 1989, mais seulement 15 en 2001.

L'électrocution par contact avec des pylônes électriques est une cause majeure de mortalité, en particulier pour les immatures qui n'ont pas encore une bonne connaissance de leur environnement. En France comme en Espagne, la moitié des juvéniles tués le sont par électrocution.

La mortalité des aigles peut être évitée en modifiant les pylônes électriques dans les zones qu'ils habitent. Ces dernières années, des biologistes, en coordination avec les autorités, ont commencé à faire isoler les lignes électriques dans les zones protégées. En Espagne, près de 477 pylônes ont été neutralisés dans le cadre du projet LIFE Bonelli. Les taux de croissance des populations locales ont alors augmenté rapidement. En France, après un seuil historiquement bas en 2002 à 23 couples, 35 couples d'aigles de Bonelli ont été recensés en 2018.

Rappelons en tout cas qu'Andromeda a eu plus de chance que tant d'autres aigles de Bonelli :

Zahara (2014, Madrid - 2014, Mauritanie) : disparu
Verdun (2015, Madrid - 2017, Tolède) : électrocuté
Argonne (2015, Madrid - 2015, Madrid) : électrocuté
Otéo (2015, Pays basque - 2015, Andalousie) : électrocuté
France (2016, Vendée - 2016, Majorque) : électrocuté
Finisterre (2016, Vendée - 2016, Majorque) : électrocuté
Archianne (2016, Vendée - 2017, Navarre) : électrocuté
Irumberri (2016, Vendée - 2017, Aragon) : électrocuté
Ibarra (2016, Vendée - 2018, Valladolid) : électrocuté
Korres (2016, Vendée - 2016, Pays basque) : électrocuté
Touvent (2017, Vendée - 2017, Madrid) : électrocuté
Pastoriza (2017, Vendée - 2019, Navarre) : électrocuté
Ongay (2017, Vendée - 2017, Rioja) : électrocuté
Azul (2017, Ardéche - 2018, Madrid) : électrocuté
…

## *ACHEVÉ D'IMPRIMER*

*Au moment d'imprimer ce livre, en ce robuste mois de février 2023, nous recevons un article paru dans le journal* La Provence. *Nous le reproduisons ici in extremis, grâce à la complicité des imprimeries Corlet, nichées en Normandie, à Condé-sur-Noireau :*

**LA POTERIE ANDROMEDA CONNAÎT LE SUCCÈS GRÂCE AU KINTSUGI**

Créée à Apt voilà plus de trois ans, la poterie Andromeda vient d'obtenir une belle reconnaissance : elle a reçu une bourse offerte par la Manufacture de Sèvres. Comme l'explique le directeur de cet établissement prestigieux, obtenir une telle bourse n'est pas une mince affaire :

« Chaque année, nous recevons beaucoup de candidatures, et il y a peu d'élus. Lorsque nous avons reçu la pièce d'Andromeda, nous avons été surpris par cette capacité de concilier deux techniques toutes deux reconnues mais venant d'horizons très différents. Celle des terres flammées, qui ont fait la réputation d'Apt au début du siècle, et celle du kintsugi, originaire du Japon et vieille de plus de cinq cents ans.

Le jury a été divisé : si une partie était conquise par l'esprit de la pièce, une autre était plus réticente, car le savoir-faire restait à perfectionner. Au final, nous avons décidé que si la bourse existait, c'est justement pour ceci : toucher des gens qui ont besoin de franchir de nouvelles étapes dans leurs connaissances. »

Le kintsugi est une méthode de réparation des céramiques brisées au moyen d'une laque dorée. L'idée n'est pas de dissimuler les cassures, mais au contraire de les mettre en valeur et de donner à la pièce un esprit de reconstruction, voire de résilience. Cette bourse vient à point nommée : le propriétaire d'Andromeda nous explique dans son atelier que ce n'était pas gagné.

« À ses débuts, la poterie ne marchait pas très fort. J'ai commencé par des taraïettes, ça ne suffisait pas. J'ai essayé ensuite les terres flammées, mais je n'étais pas au niveau. J'étais sur le point de déposer le bilan. Un jour d'énervement, une pièce sur laquelle j'avais passé des heures est tombée par terre et s'est brisée en mille morceaux. J'étais bien décidé à arrêter là mais ma femme avait entendu parler du kintsugi. En parallèle mon frère s'est fait virer et avec ses indemnités m'a rejoint comme commercial dans l'aventure. Et tout est reparti de là. »

Cet ancien chômeur et jeune papa peut regarder l'avenir sous un jour nouveau : outre d'être bien dotée, la bourse intègre un partenariat professionnalisant : une semaine par mois, le lauréat bénéficie d'ateliers conciliant apprentissage des techniques et développement du projet professionnel. « C'est bien, ça va me faire progresser », dit-il avec un grand sourire alors que la radio sur son établi diffuse la chanson bien connue de Gérard Lenorman :

*… Comme un oiseau qui fait ce qu'il veut*
*Tu viens de chanter la ballade, la ballade…*

# TABLE DES MATIÈRES

« Je m'en versai une grosse tasse et la sirotai en regardant le Luberon.
Lui au moins ne me disait rien : pas de conseil, pas de reproche.
Juste le silence, et quelque part, entre les vallons et les crêtes,
un peu d'écoute. »

Ce livre a été imprimé en janvier 2025
par les imprimeries Liberduplex, Espagne,
pour la collection Météores.


Conception graphique de la collection : Oskar
ISBN : 978-2-37055-453-6 | d.l. : mars 2025

M 56